宝贝

文艺女青年做了妈妈后的絮语

〔法国〕玛丽·达里厄塞克 著
树 才 译 郭宏安 校

Le Bébé

译林出版社

给我儿子，不然我会死的

创世记

▶▷

/第一章/ 春 夏

一双小脚乱蹬，踢我的肚子。

我没法相信他是我生出来的。

一天，邮递员来敲门，我腆着个大肚子，包裹里包着一个宝宝，于是，我的大肚子就没了。

一个小生命：它该是在找什么东西，想理解它。

这个经验是重复的、不连贯的，宝宝睡着时，生命在继续，当他醒来，是他自己的生命在支配。

开始的日子挺怪，以前很少听人说过；也许，这中间有一种特别的亲昵、关联、气息和晕眩，差不多分六个步骤，昼夜不停，间隔一两个钟头：喂奶，换尿布，哄他睡，睡上一两个钟头，重新来过。

我不再绝望，我明白这是暂时的，不会持续一生；我不再绝望，我知道托儿所十月份开学，会接走宝宝。围绕那个日子，时间将重新组织：我又可以投身外面的世界了。于是，我走进牛奶浴盆，轻轻按摩自己的身体，沉浸其中。这段日子，宝宝让我满足，不久，我又可以重新思考、写作，同男人们相处。

他睡了，我写东西。

我最要好的闺蜜怀孕了，她用三段论断言："妇女不承担照顾孩子的义务，就没有工作的权利。"

他在睡梦中乱动，我立马起身，本子都没合上，我俯身——这姿势——像一棵柳树，或者划桨手：他的存在让我惊愕，无从理解。

瞧着我们的照片，两个新妈妈，我和闺蜜：也是我们的母亲的照片。

医院的床，脸上的疲倦，灯光。

这无法理解。

以前，不是我不喜欢孩子，而是孩子还没来。没有关系，我和孩子之间没有关系。孩子，我想，总有一天我会要一个的。“宝宝”这个词，娇弱，累赘，没法自由行动；我觉得这是个小问题。

如今我察觉，人们对生孩子没兴趣。我觉得，这种漠然是假装的，这不重要。宝宝出生不久，我的德文译者给我打来电话。祝贺从好几个国家飞来，我收到毛绒玩具熊、小兔子、心形玩具和彩带。但这位译者不理会我的暗示，只谈工作。

我觉得这挺滑稽，脑子有问题。

这期间，幸亏系念于此，我才保持了精神平衡。

宝宝醒了，打断了我的写作。

安妮·埃尔诺在《冰冻的女人》中写道："花季年龄，有那么两年，我生活中的全部自由，归结起来，就是孩子熟睡的那些午后。"

宝宝使我不能抽烟喝酒，因为他要吃奶。

但我同瘾君子一样，偷偷抽一根，喝一口。

为了多写几分钟，我把宝宝翻个身，让他趴着睡：他又睡着了。但这种睡姿，今天的医生是反对的，因为可能导致"新生儿猝死"。

以前，婴儿只是肉体，吵闹，脏兮兮，挂着口水，难得有好看的。我更喜欢动物幼崽：小猫，小狮子，或者小蜗牛。

宝宝出生后，我把这想法说给荒唐地做了孩子的父亲的那个人听。他异常冷漠的态度，让我立刻改变了想法：现在，我还是更爱宝宝。

宝宝坐在我膝上，我看电视里的动物世界。他盯着电视上的光线移动。

他看见了什么？

凭我听到的对婴儿的那些说法，我认为他得了自闭症，他的目光不聚焦。

我最要好的闺蜜觉得，她的宝宝是先天愚型患儿，因为他总吐舌头。

一个在戈马[1]难民营工作的朋友告诉我，那边的新生儿死亡率是60%。

宝宝让我情绪多变，让我多愁善感。我不知道该怎么理解这个古老的词。

说那无法说的：这就是写作。在说和不说的中间地带，有一种老生常谈，尽管被磨损，却揭示一部分真实。宝宝让我对老生常谈产生一种友谊，他让我变得好奇，我翻开石头，想看看下面奔跑着的真实。

我听着医院里的各种嘈杂，保育员的、其他母亲的、自我意识里的、杂志上句子的、心理学知识的：我的母性情感。我们所说的“天性”，来自真理和格言，来自见证和规劝：古老的闲谈。

---

① 非洲国家刚果的一座城市。

我现在才懂得，别人的孩子是不存在的，因为宝宝只在那种绵延的亲昵中，在同我们做父母的那种关系中，才能存在。

我们给他取了好几个小名，我们喊得开心，双辅音，有着美妙的韵脚和摩擦音，音质湿润，牛奶一般。

他醒了。奶喂了，尿布换了，干干净净，什么都好，才几个星期，他就变成一个孩子了。但每次喂完奶，他就有了新生儿的脸：被乳房挤压着，红红的，挂着口水，满是奶渍，唇边爬满皱纹，眼睛紧闭，像握紧的拳头。我衣服的褶皱，在他的脸颊划出细纹，我内衣的拉链，好像在他脸上印下一道铁轨。他拒绝睁开眼睛，想延续这种满足感;他空空地咂着嘴，然后拉直，身子变得硬实，弧形，一只手就可以抱走；但突然，他又好像不开心，露出惶恐。

我们照看他时，他睡着了。余下的事情都归我们：打扫房间，购物，做饭，整理桌子，清空洗碗机，晾晒衣服，收拾床铺。让我们疲惫的，倒不是宝宝，而是无休止的家务。

我对宝宝的权力是惊人的。摆脱他，其实很简单。我梦见把他遗忘在超市里，沙滩上，我找回婴儿车，却是空的。我逃跑。喂奶的间隙，我醒了，我明白这是不允许的：逃走，失踪，到处乱跑。

他呢，像是梦见自己在吃奶，玫瑰色小舌头从睡梦中吐出来，那么健康，半透明，嘴唇圆而湿润。

有时，犯错似的，我吻他的嘴。这不是家庭传统。我给他洗澡，搓揉，擦干，然后抚摸他，我刻意不去碰他的小鸡鸡，作为替代，我吻他的腹部。这让宝宝吃惊。他还不会笑，也不会盯着看。我把他在襁褓里裹好，和他一起躺在床上，我贴紧他，嗅他的头发，从头到脚，他贴着我的胸。他的头像小牛犊一样，在我颈窝的空隙移动。肚子贴着肚子，体温连着体温，我的母爱首先是恋童癖的：被他的小身子诱惑，需要享受他的身体。

宝宝醒来时哭，我把他抱到怀里，加油！我救了他。他每天醒六次，每次我都这么哄他。眼神迷离，哭到最后，他抽泣，喘息，呼着气，然后安静下来。在我怀里，他放松了。

他清澈的气息，吐到我脸上。婴儿独有的这种气息，来自乳汁喂养的洁白身体，来自睡梦。

饿的时候，他只会这一点，饿了；高兴的时候，他沉浸在一种完全的愉悦中，但很短，然后是下一次失落：被他的情绪淹没，冲走。

我是男孩子的母亲；对面，另一边：女孩子的母亲们。

“都是我造成的。”孩子的父亲，模仿我，自嘲。

他的阴囊，出生时水肿，我觉得很大。好像女孩也会出现同样的外阴肿大。他的阴茎，耷拉在阴囊表面，非常小。肉体的小小一端，如此软弱，看上去更像女孩。一天内，有时会变大：我惊讶不已。孩子的父亲跟我解释：“这和温度有关。”我看他给儿子换尿布：托起孩子的生殖器，细心清理，动作轻柔，察看那些褶皱。我呢，用一大团棉花，在阴茎周围轻轻擦拭。无疑，他的性别特征从中体现。

我不觉得宝宝需要我胜过需要他父亲。他开心或不开心，在我怀里和在他怀里是一样的。他吸奶瓶，像吮乳头。

父亲的位置是存在的，占据它就是了，我从他俩那里看到这一点。孩子出生几个月，只需要母亲，我觉得这种说法非常可疑。

晚上，父亲下班回来，宝宝很开心，他受不了我了。

世间人们谈来谈去的话题，总是关于宝宝。

当他们不饿，不热，不冷时，当他们没被尿湿，没感觉不舒服时，他们的哭是个谜。他们与小动物的区别只是他们最初真正的微笑——眼睛和嘴一起笑——而哭是人类独有的。

对话这样开始：

他发烧了。

初一了。

他饿了。

他穿多了。

他冷了。

婴儿哭闹是必须的。

以前，我们任由他哭，今天，我们不这么做了。

应该让他表达。

别抱他，否则他会更烦。

这是黄昏时的焦虑。

这是出生两个月后的焦虑。

别由着他哭：你会给他这种印象，这世界没人理他。

焦虑是决定构成的。

焦虑会导致病痛。

他害怕被遗弃。

他得了精神分裂。

我的焦虑是一种社会行为。

我的焦虑促成幸福。

橡皮奶嘴也是个好话题。

我遇到的半数人，从中感到一种焦虑，为了让孩子安静，为了让孩子闭嘴。另一半则理解为一种便携式的爱抚，挺人性的，父母可以歇一歇。

一半的保育员赞成用橡皮奶嘴。

宝宝吃奶时，我就是一个巨型橡皮奶嘴。

一个小甜心，一个小宝贝，一个小奶嘴。

一旦橡皮奶嘴成问题，我的字典里还真找不到“小奶嘴”这个词。它从哪里来?

婴儿知道说好或不好：他吐出或吞进橡皮奶嘴。这种接受或拒绝，只取决于他。通过橡皮奶嘴，他们行使权利，表达意愿。它开启婴儿最初的心智：接受或拒绝，0或者1。

小奶嘴是婴儿的二进制。它引向辩证思考。

宝宝第一次外出散步，是六月初，他躺在手推车里，去我当年的出生地——海水浴场。海是浅粉色的，天空亮得发蓝，夕阳缓缓下沉。宝宝全身笔直，睡着了。我在卡西诺商廊唯一一家开着的露天咖啡馆停住。我选一张避风的桌子坐下。宝宝醒了，这么娇小的生命竟能制造出如此响亮的噪声，不可思议！生孩子以来，我这是第一次穿束腰裙，化了妆，太阳镜卡住头发。邻座，一位妇女俯身看着手推车，说“可怜的小家伙”；不高兴的女服务生，端来我要的啤酒。我按灭香烟。一群退休老人停下来，女人们议论着，说宝宝该是着凉了；一个德国家庭，父母带着四个女儿，一边离开咖啡馆，一边斜着眼神看我。

宝宝和我，赶紧逃走。我有一种绑架他的感觉，从那天开始，谈起他和我，想到他和我，我总是说“我们”，来反对外部世界。

另一天，在药店，我刚喂饱他。一切正常。宝宝开始哭。顾客们围成圆形，药剂师站在中央：“他饿了！”我刚买了一箱牛奶。他们首先怀疑我，似乎肯定我会把宝宝饿死。

他胖了。
他有点苍白。
他比实际年龄要小。
他斜视。
他的胎记会消失吗？
他双下巴。
他鼻子小。
他像你们。

宝宝让很多路过的女人有点歇斯底里。她们抚摸他，谈论他，问他的年龄、体重、性别，还有分娩时的情况，仿佛这一切不是无礼和粗鲁，反倒是正常的社会准则和基本礼节，就像人们在门口为你拉着门，或者同你说再见和谢谢。

新生儿的哭是动人的。他们没有大嗓门引人注意，只能“呃呃呃呃呃”地低泣，像一只小山羊，轻抖脚掌，又像一头小长颈鹿，跌倒在地。我们不知道他怎么了，他想说什么。他在怀里冥想，凝乳般的声音摇着他，像铃铛。

宝宝再大一些，不饿，不冷，也没生病，但他会大声嚷嚷，表达他的厌倦，他想出门，他想回家，他厌恶被束缚，他恨我们。由于犯懒、激动或虐待狂，我们会把他绑在婴儿车里，任他哭闹。

第十次检查奶瓶是否有漏，尽管他已饿得半疯；抹肥皂时间长了，他就大声嚷嚷；用凉水冲洗，他不情愿；他恼火时，对他笑；他睡着时，替他翻身；他玩耍时，给他擤鼻涕；他对瓶塞感兴趣，就用一只傻傻的拨浪鼓替换它；尿布对他来说太紧，因为得把这一包用完；给他戴一顶滑稽的软帽。

还有：巧妙地转动手掌，替他的眼睛遮阳，给小推车装上柔软的棉布条；赶蚊子，避免穿堂风；抚着他的额，喃喃地哼歌，让他远离梦魇；搞些小响动，扮个鬼脸，或者跳支舞，逗他笑；不再吸烟；让他闻玫瑰；热时，给他温水澡，凉时，给他热水浴；用柔和的杏仁油给他按摩；别给他喂讨厌的糖浆；摇摇篮直到手抽筋；把他抱在怀里，哄他睡，晃得我们坐着打盹；诅咒没给我们订优质牛奶的那个药剂师；找回我们不再拥有的力量。

我们身上最好和最坏的两面，暴露无遗。

持续数周，我们快受不了了，他开始微笑，吃奶，打嗝，尿尿，便便。他笑得及时，为了诱惑我们，为了让我们守护他。

“袋鼠袋”，是一个固定在腹部的装置，让怀孕无限期延长。宝宝第一次就是这么外出的，在我家附近的林荫道上。长满栗子树的路边，生活着一个我认识的流浪汉。为了对我表示祝贺，他拥抱了我。转过路角，我飞跑回家，发疯般用香皂给宝宝洗澡。

宝宝看见了幽灵。他的目光在空中漂移，看不见我们在笑，也听不到我们的呼唤，他紧随房间里慢慢移动的幽灵。

等他再长大些，他走向我们。他回应我们，模仿我们。这么小，当他从模糊状态出来，他已能返回其中。他记得。他犹豫。他睡得多。我试着看他的所看，见他的所见。电视上的一道反光？窗前那棵树的摇动？惊恐之余，我在想，他更喜欢阴影。

想睡了，他哼起歌，从喉咙发出一种旋律，他的怨诉，他的疲惫——只见他滑向别处，眼睛半闭，斑鸠一样。

离开乳房，倦怠，“迟钝”，如果我没把另一只乳头很快塞给他，他的眼睛会不看我的乳房：他往别处看，在《作弊者》中，拉图尔的一个人物就是这样看的。他的呼吸快而有力，鼻孔张开，惊讶于我们居然不满足他；他发出鼾声，舞动双脚；他急得沉入自我，没了等待的耐心——突然，顿悟似的，他想喊，他想起来，身边有人。

把宝宝放在我肚子上：他试着爬，眼睛半闭，嘴巴大张。他一边喘气，一边朝不同方向摆头。他嗅着，摸索着：像野猪崽寻找块菰。很巧，他碰着乳头了，便不由自主地亲吻，啧啧有声。仅凭乳头上的腺体，宝宝就能察觉乳汁的气味。刚出生时，这味道就让他恐慌。他得做点什么才好，但做什么呢？嘴张着，他摆动脑袋，像是受了伤害，很失望。

在怀里——在我怀里，或者在别人怀里——他挺着胸，在一种寻求平衡的姿势里。宝宝扑向我们，张着嘴，啄木鸟一样，不停地敲击。

我衬衫的扣子，我的手，他的小拳头，我裙子的接缝，他爸爸的羊毛衫，摇篮的边框：他吮吸，抓住一切可能的机会：没准就能碰着一只乳房？

他父亲说："生存的基本策略。"

两个月时，他已是一个"专业吃奶人"。这是他的知识，他的经验，比我们做得好。乳房或奶瓶，他知道暂停吞入，重新开始，加速吮吸，轻抚玩耍，或者只用牙含住，而不是咬紧，很小心。为了让他松开，我用一根指头轻轻滑过他的下颚，像人们迫使马换下嚼子。

他张嘴，松开我，没一点犹豫：我是他的。根据"我就是他"这个理论，他没有把他的身体同我的区别开来。我对托儿所的期待，正是为了让他明白，不，我和他之间有一道界限。

我喜欢拍他屁股，纸尿布挺厚，听着纸张褶皱的声音，像拍打玩具一样。

送给他的所有玩具中，他最喜欢一个面目可憎的小丑。他总是贪婪地吮它的鼻子。

为这，我们喜欢说一些粗俗的玩笑话，这让我们开心，在一大堆傻乎乎的物件中。

朋友告诉我们，他们五个月大的宝宝会独自喝奶，但方向感差：宝宝没找准嘴，用橡皮奶嘴不停地敲鼻子，发现位置不对，不是调整奶嘴的位置，反而抬起下巴。

这是我听到的最好笑的笑话。每次想起，我都会独自笑出声来。

头两个月，我在世界上只是半个人，只听到他们讲给我的一半东西，只见到一半人，读不进书。我大脑的一半都是宝宝：他够暖和吗？呼吸顺不顺？我是不是没听出他不舒服？我徒劳地告诉我的读者，他们可没当真：年轻妈妈的一种姿态，作家的另一种姿态。

这是一种疯狂。我以前经常同另一个世界接触，像外星人用他的大脑盒子，接收他原来的星球的回声。我无所不在，感应力超强。

我把宝宝放到膝上，让他面朝着我，为了让他别吱声，我把小指头递给他吮吸。这样右手自由了，我就能写东西。

在这座伸向海洋的大楼里，我托别人细心看护宝宝，自己游泳去了。

这地方很平坦：数米外，那幢金字塔大楼，像破水而出。

我慢慢游着。天空下，只有这幢金字塔，我的宝宝就在里面。分离，风，水，大海，混凝土，引发一种空空的呼喊，造成一种尖锐的外形！大海深处，金字塔下，我必须猛扎下去，才能找回连接我和宝宝身体的通道。

不要慌。不要急着冲出水面。游吧。

我无法通过小说更好地表达：宝宝每时每刻都在我眼里。

素材。动词。描写。密度。一些不相称的同义词和意象。用无用的词句虚饰我儿子，我不舒服。

“一种受制于自身困难的写作。”陈词滥调总能找到共鸣，宝宝的呼唤割断了这些纸页，从一个星号到另一个星号。

爷爷奶奶没买到合适的纸尿布。宝宝五公斤重了。纸尿布标签上分着刻度，二到五公斤、四到九公斤、七到十八公斤。每个标牌有自己的编码：年龄、体重，甚至性别。爷爷奶奶年纪大了，老花眼，已辨不清标签上的重量，那是唯一需要看清楚的，小字，标在包装袋的侧面。

楼梯入口，我一个人，还有手推车和宝宝。

推着他，经常会陷在人行道上停泊着的小轿车中间，夹到公交车的车门中间，卡到排水沟的栅格里，困在逆行的人流中。更不敢想象坐地铁。

丢脸和恼火。

把我的敌人的手同一辆婴儿车捆到一起：大城市的市长们的手，市政公交系统的设计师们的手。

巴黎的公交车禁止携带婴儿车，如果折叠好，也只限上午九点到下午四点。这就得一手抱宝宝，一手提手推车，还需要第三只手来保持平衡。

七月二十三日，那一夜，他从晚上十一点一直睡到早上七点，这是头一次。

他凌晨四点会哭醒，最累人的不是被他吵醒，而是等他再次入睡——他会把眼睛睁得圆圆的，像猫头鹰。

我喜欢和他一起躺在长椅上，看着他吃奶，似睡非睡；五月的夜晚，棉布般柔软，下着雨，窗口开向清冷的街道；不时传来车轮辗过街道的声音；车灯的光束；光带给奶瓶白色（灰白，乳白，苍白），随着它慢慢变空。

这已经是记忆了。

他刚生下来，我想立刻再怀孕。

我想再生下一个他，一模一样。我想要两个，或者三个，我要收集他的克隆人，让他的出生是一个永远的存在。

我们的数码相机，他出生时买的，可以拍一分钟左右的无声短片：怀旧的快镜照片。

我打开电脑，点击鼠标：夜晚的奶瓶那一幕出现了，揪我的心。那时我是“年轻妈妈”，穿着七分裤和拖鞋，脸上没皱纹，宝宝还是个新生儿；我们的小公寓，在取景有些笨拙的画面里，那种生活氛围让人感动；画面无声地向前流动，偶尔有一些跳帧。在二十一世纪的头十年里，我还穿着紧身衣裤和高跟拖鞋，我的脸是光滑的，宝宝还是宝宝。

这台数码相机，记录着一段过去，也记录它自己的过去，无声的画面，颜色只是褐色——我们还记得磁带转动的声音。

我看见成年的儿子，也在看这些图像。

以往的日子已经凝固，我们的生活归于废弃——令人悲恸的幻象。

最近十天，早上六点不到，他就醒了。我们把他塞到床上。我给他喂奶。七月，晨光灿烂。面包店升起第一炉面包的香味。院子里，白杨树沙沙响，白昼已在燃烧。

我侧身躺着，饱满的乳头对着他。蜷在我手臂上，他自顾自地吃着。

舌头啪啪，潮湿的声音，唾沫线落在枕上。床单下，洞穴里，三个哺乳动物。

有时候，他的嘴巴嘟嘟嘟一阵呢喃，他不满，他唱歌，他像幼犬一样晃脑袋，自娱自乐——我欢呼！有时候，他发出满足的呻吟，目光在睫毛下转动。

有时候，我从梦中醒来，宝宝已松开我；他眼睛睁开，平躺着；他看，他梦；只有他的虹膜在动。

早晨，九点刚过，我突然醒了：宝宝还在睡，没喊我。我俯向摇篮，他在睡梦中笑呢。

宝宝眯着眼，歪着头，小拳头放鼻子上，扭着上半身，叠着腿，无声地张大嘴：他哈哈大笑的方式。

对宝宝，我有一种无法言说的爱。

我以前听人说过，我也观察过周围，我想象过，我构思过——我本可以把它写下来——我不知道这种爱会同自己有关。

它多少让我不舒服，由于厌恶女性，由于批判反应，由于心中顽念；因为人们所说的，大多数时候，都让人厌恶；因为听到一个成年人说“妈妈”，我想笑，想逃离。

宝宝出生后，惊愕和爱混在一起。我爱他，喜欢他的存在：他突然显身的方式，让我欣喜，让我惊奇。我难以相信，别人家的宝宝也是这样。

他早产，一出生就大哭，沾着血，黏糊糊，毛发茂盛：真是丑闻。整个医院都行动起来，对付这小家伙的挑衅，把他洗干净，让他安静下来，又把他放进育婴箱。但马上，他就造反，把育婴箱弄得一团糟。

宝宝的这种显身，如此戏剧性，该如何为他写一幕不指望上演的舞台剧？

分娩室，我们四个，孩子的父亲、助产士、护士和我。一下子，我们成了五个。

旋涡中央，时间和空间互相交织，互相打开，我的阴道就是这个缺口，而我一概不知。

记忆有时会把我带回到隔着毛玻璃的助产室。我看不见产妇，看不见穿着玫瑰色和绿色衣服的医生护士，但是——捕捉到了——那些庞大的白色襁褓中，一个个婴儿出现。

在我的意识里，这让我感到比真实发生的更逼真，更让我满足。

那真实发生的，我反倒难以理解。

在用来应对生活突发事件的种种预案中，最荒诞的反而被采用。为了让婴儿从阴道顺利娩出，一切都围绕这令人兴奋的事件展开，以便我们遗忘和记起。这是显而易见的。

他出生时，非常小，非常脆弱，我迷信地以为，我用眼睛就能抱起他，然后放下。

他们把他抱出助产室，我要求孩子的父亲一秒钟也不能离开他，为了确保他就是宝宝。

总是看着他，像触摸他一样，让他与我们同呼吸。

我立刻爱上了他：这不是一种形式，也可能是别的。我不敢确信，他就是我的。我接受了他：他让我开心。

他真的非常迷人。

他是我生出来的，这怎么可能？麻醉剂让父亲们比母亲们更能确信：他们能看见。

每一天，爱都在增长，这难以置信，这出人意料。

对于我，陈词滥调也重获意义，这些话，对，不是隐喻："我可以为他付出生命。"

我第一次感到，这个句子是真实的，我听见了它的真实；我第一次相信，这个句子属于我。

宝宝被厚实的话语像尿布一样裹起来。就文学而言，它是最小的题材。留给女性吧——“宝宝”就是她们的乳名——那些真想写它的女性作家，她们审慎地保持距离。

“宝宝”这个词出现在广告中、保育员嘴里、心理学杂志和父母指导手册上：“宝宝一切可好？宝宝吃得好吗？妈妈会不会太累？”如同在一些亲昵的称呼上，冠词是缺席的，这是对亲情的勒索，也是对思想的不敬。宝宝的衣服上，印满兔子、小猫、小鸭子、小狗狗，这对父母来说，除了是个动物展览，别无用处（宝宝对这些衣服的兴趣，无非是流口水或者呕吐）。再发挥一下，市场的这种表演，依我看，纯属多余：一个名牌搅乳器，把成人食物绞碎供婴儿食用，标榜无性别差异和相同的消费特征。抵抗，就从坚持这个冠词开始。

我喜欢活在想象的动物们中间，我的房子里满是动物，宝宝加入这个小动物园，有时冠上它们的名字：像童话中拟人化的动物。

我写作，是为了命名，为了描述整体，为了呈现各种关联：这是数学。我写作，是为了更新语言，像擦拭铜管乐器一样擦亮它们——“宝宝”和“妈妈”：为了让它们发出更清亮的声音。

不是宝宝的出生开启了这本书，而是另一些书，另一些句子——已经写成，熠熠闪光。问题有时只是，我的肾上腺素是否正好从胸中爆发，我是否孩子般涌起崭新而强烈的写作渴望，尽管我认为这不被允许。

“……我认为，我们从未真正想过，什么是一个宝宝，怎样才是一个宝宝。没人这么做。真是悲剧。我想说，宝宝既不是男的，也不是女的，宝宝握紧拳头，宝宝张开腿脚，宝宝是一个窟窿，宝宝是一种万有……”

我被吉约姆·居斯坦在《天才》中讨论性别的这几行文字吸引。

我的事业是为公众服务。

我猜，婴儿海绵般吸收着信息，感觉着最微小的犹豫、失落、欲望和胆怯，最纤细的冲动、惊恐和退缩，以及最微弱的保留：欲望围着他获得形式。在这种欲望中，他开始性别上的联系。一个野孩子应该是“哪种性别”？公狼、母狼、小狼崽、小男孩、小女孩？宝宝很快就有自己是“小男孩”的意识，碰到他的人会说：“真是个漂亮小男孩！”“是男孩还是女孩？”我们会告诉他，他是个小鸡崽、小兔子、小啄木鸟。在分类上，我对宝宝很有信心。

我爸爸说：“等着瞧，没准他会领回来一个你不喜欢的小姑娘。”我说：“也可能是小男孩。”当外公的一听，就板起脸。

我看见三个月大的女婴穿着裙子：裙边向上翻折，在纸尿布上擦刮，小腿暴露在外，大人们居然给她穿连裤袜。

对宝宝的父亲来说，给儿子穿玫瑰色衣服，他还是难以接受。

假如头胎是个女孩，我应该会少一些惊异，也会少一些惊喜；同时，也可能会更简单，更微妙。如果我竭力让宝宝敬畏他的性别，我会让他生气的。

新生儿还不是儿童。不嫌麻烦的话，可从词源上查证——新生儿：“还不会说话”。但儿童会吐最初几个词。新生儿，为了让人理解他们的意图，尽管费尽努力，只能以哭泣告终。

无疑，婴儿哭泣，因为事实是，婴儿就是婴儿。他不独立，他必须表演，期待我们猜对他的意图。去参观他生活的地方，为了这么一个合法的心愿，他必须有足够的耐心，直到我们把他抱在怀里；偶尔的移动，一小块一小块，宝宝必须收集拼接图块的那些要素。如何让我们能明白他的意图？比如，斜在一只肩膀上，怎样才能让人明白，于是他得加快或放缓，得转动身体，俯身去够他想要的东西？宝宝比我们想象的更耐心。

蒙田（《蒙田随笔》第二卷12页）写道："我们的哭泣同大多数动物是一样的；出生后很长一段时间内，他们都没有抱怨和呻吟：因为这种情况与他们感到弱小无力是相称的。"

我自问，宝宝哪天才能明白，他不再是婴儿了？"长大"的过程，他什么时候才能意识到？

三个月大的婴儿，昨晚死于一场谋杀。

三个月大的婴儿。现在我明白这意味着什么。

社会新闻——一位父亲在车祸中失去了他所有的孩子——比以前更让我震惊，不管我是否愿意。

就让这些句子杂乱着吧，就像一种病症。母亲又是什么?

我找回儿时的一个姿势：我触摸额头中央，来驱赶厄运，就像人们摸木头，以求好运。一天两次、三次、四次。

以前，死亡这个念头让我心烦。我还有书要写。

现在，我如果不对厄运认识得更清楚，我是不会把它弃置一旁的。

（关于死亡的这两种观念，彼此并不对立：它们互相叠加。）

现在，每当我从电视上看到，在一个战乱国家的路途上，一位母亲将孩子紧抱在怀中的画面，我都会问自己：她能给孩子喂东西吗？她能给孩子换尿布吗？我知道，她想的就是这些。我第一次在脑海里想象，这个母亲正承受极度的不安。必须逃离家园，带着一个哭泣的孩子，孩子很快会饿哭。孩子没有安宁的地方可去，最终会生病。必须有一个保护孩子的房屋，但没有救助，也没有奇迹。

我读过一本翻译小说《宠儿》。一个小女孩的鬼魂总来惊扰她的母亲。她杀死了自己的宝宝，因为不愿看到她沦为奴隶。无疑，托妮·莫里森写的首先是一本关于美国黑人生存处境的小说。但我在书中读到了在别处从未读到过的句子：

“没人知道，把她扛在肩上她会打不出嗝，只有让她躺在我腿上才行。”

“我跟她们说，拿块布，蘸上糖水，让她咂，这样我赶到时，她就不会忘了我。”

“该问谁呢，我什么时候该嚼东西喂他们，是嚼东西才长牙呢，还是等牙长出来再给他们嚼干粮？”

很显然，没有女性写作，有的可能只是女性题材。当然，有些男性也动用这些题材。

“塞丝用围嘴擦净她的小嘴，她坐直了，想说出‘爸爸’，但当她被解开皮带，她只能尖叫，哦天哪，他湿得像一锅汤，这时得给他盖一张双层毯子，把她换到另一边去。这尊贵的宝宝忍受着对身体的一系列卫生程序，也知道该让谁听见这些嘟哝：

“啊爸爸 爸啊啊啊啊啊爸啊啊 爸啊啊啊啊啊。”

乔伊斯的《尤利西斯》，我发现他对宝宝的描述非常贴切。

在《克莱采奏鸣曲》中，大作家托尔斯泰在信中写道：“农妇们是明智的，她们以相同的宿命来迎接孩子的生与死，贵族们要疯狂些，生或死，都让他们哀叹。”

里尔克在诗中写道：“女人分娩时的怒嚎。”

娜塔丽·萨洛特的书里，没有宝宝。那不是她的话题。弗吉尼亚·伍尔夫也一样。我不知道哪个新闻记者非要揭露丑闻，说杜拉斯直到死，也没让她的孩子在书中出现，好像一个女人非得……蠢事让人生厌。

《塔吉尼亚的小马》中，一个句子震撼了我。那时我十八岁左右，正好对生小孩这件事感兴趣：“从他生下来的那一刻起，我就生活在疯狂中。”

我渴望这种疯狂。我从来不缺这个，它让我生出“渴望”；就像无法占有某一具体之物。人们称为“疯狂”的小宫殿之一，孤零零的，充满魔力，令人担忧，房间迷宫一般，窗户高高耸立，一个神圣的地方，里面居住着母爱——这是比亚里茨海边的小庄园。

（布卢姆俯身，挠宝宝痒痒——博德曼《胃的窟窿》）

“博德曼宝宝（打着嗝，嘴边淌着乳汁）”

“啊呀啊咦啊咦啊”

儿子芦笛的死，幽灵般伴着布卢姆，出现在《尤利西斯》的字里行间。“黑暗高墙的深处，一个身影，慢慢地，变得可见”。

儿童是会死的，在西方，这让人无法接受。这是最大的丑闻。

一位朋友，两个孩子的母亲："我没法再写作了，因为我受不了在小说中表达孩子们的死。"

斯蒂芬·金的小说《宠物公墓》，结尾那一段很惊悚，一个四岁男孩，从死亡中回来，杀掉向他张开怀抱的母亲。母亲情不自禁地张开怀抱时，甚至看见了刀锋，咧着嘴……完美的梦魇。

一位短暂相遇的英国作家："孩子占据了你的所有情感，我女儿出生后，我就没法再写作了。"

现在，由于写作需要，要杀死多少宝宝我就会杀死多少宝宝，但我会摸木头（完成祈祷）。让我内心不安的，不是这种忌讳，而是那种重复，那种诅咒，神经质地相信写作呈现出来的生命的那种阴影。

写作，但不带迷信：就得让自己远离那些幽灵。

在圣德尼大教堂的死者卧像中，两个孩子：一个无名小公主，五六岁；一个宝宝，只活了五天的让一世——被自己的摄政王叔叔杀害。

小公主雕刻在一根大理石柱子上，雕像的脉纹在一条带子下面：从上往下看，小公主双臂娇弱，交叠在胸前，头圆圆的，睁着眼睛，双唇绷直，头发在花冠下编成辫子，这大理石雕像似乎让一切，裙子、眼睛、嘴唇、花冠，都沉浸在同一个白色睡梦中。我们在大教堂中继续前行，在卧像当中，我们看到了睡美人。小公主雕像在大教堂的拐角，像小船被上涨的水困住。其余雕像在另一边，让一世同家人在一起，他的眼睛蓝玻璃一般。

令人惊奇的是，在教堂旁边卖明信片的小商亭里，公主和她那位被谋杀的堂弟，用的是一样的名字，好像两个小身体连在一起，这是全人类的孩子之死。

我母亲出生在二战时期，家里第一个孩子夭折之后。她对奶水过敏，家人只能用伯父寄来的当时稀缺的橙汁喂她。一位好心人路过时，对我外婆说：“这孩子活不长。”

浓缩牛奶灌进奶瓶时，出现很多气泡。宝宝喝完后，奶瓶满是细细的蜂窝状的牛奶泡沫。

孩子的父亲跟我解释：“蜂巢是自然界中最稳定的形状。”

懂得如何为宝宝选对父母的另一半，也非常重要。

婴儿独爱母乳喂养这件事，愈发让我吃惊。乳汁是神奇的食物，是人类的蜂王浆。它生产大脑、肌肉和皮肤。婴儿也是乳汁造出来的，一个个乳分子将宝宝填满；白色的身体，像小牛或小猪。

孩子的父亲说，宝宝是赚的。不算母乳，我们用七公斤奶粉，喂出一个四公斤的宝宝：损失不大。

如果以成年人身体计算，至少每天得吞下八九升奶。

八月，群树环绕的房子：夜里好几次，他把我们惊醒，弓着身子，出窍似的。白天，他惹人烦，又哭又闹，直到午休时，才安静一会儿，只有一个行为能让他安静：骑到我们肩膀上，睁着双眼，让我们指给他看这个世界。他揪住我们的耳朵，我们如同驮着一副牛轭，走上好几个小时。我们指给他看树、玫瑰、塑料椅子、小吧台、电冰箱，直到筋疲力尽。我和孩子他爸，彼此都烦了，直喊累。

宝宝不知疲倦，一样接一样地发现世界。我们依着他思维的速度，跟随他好奇心的节奏。他坐在我们身上，他开始哭，他想离开我们。

我和他父亲感到内疚。出生不久，我们就把他从这个国家的一端带到另一端，他在哪里都能睡，什么也不怕。他出生以来，我们一直期待这个时刻：树丛下，歇一歇，骑着自行车转悠。

河水太凉，不能游泳，也不能带着宝宝骑自行车，我们现在才想到这一点。宝宝让我们没办法在树下安静读点什么，虽然我们下定决心，开了八百公里的高速公路，一路忍受吵闹才来到这里。

从爷爷奶奶到外公外婆，从姑姑到叔叔，宝宝总是对他们笑。这段时间，他对全世界所有人笑，除了我。他抓我的衣服，像考拉抓桉树叶，他面无表情地张开嘴，找我的乳房。

孩子的父亲说:“因为他知道你已被征服了。”

我对母亲的爱总是粗心大意，似乎知道她一定会接电话，坚信她永远都会在那边，不会死，所以我打给她的电话，从来都是零星的，不规律的。我儿子以后也会这样对我吗?

孩子的父亲说:“除非是个儿子。”

有宝宝已经四个月了，我还是不习惯他有个名字，也不习惯用名字来唤他，尽管是很传统的名字。经常，我俯身看他，终于有一天，从我唇间唤出一个名字来，是一个乳名，小时候母亲给我取的。

照我们身边某个人的观点，婴儿一旦开始哭，就会本能地拥抱我们。

在我们度假的房子里，我在花园里写作。宝宝睡在一个安静、凉爽、避开猫和穿堂风的房间里。几道门隔开我们。但我能感觉到，他醒了。我起身，他刚睁开眼睛。他和自己的小手玩着，唱着，还没哭闹。我脑子里有一只钟吗？还是第六感，不为我所知，也不用我窥视，却能感知房间深处的细微变化？像树叶的沙沙声，鸟叫声，风声，都以一种亲密的频率，放大着自己。

他在熟睡中微笑，或者绷着嘴，像要哭出来：他正做梦。一扇咔咔响的门没吵醒他，但我们翻书的声音吵到他了。我们在隔壁房间打开一只尼龙粘扣，他那边马上就是惶恐的哭泣。普契尼能吓着他。但他对比约克无动于衷。噪音的混响，宝宝微微皱起眉头。

他那双小手，真是奇迹。

他的眼睑微蓝，半透明，血管显出玫瑰红。眼睛在下面滑动，虹膜反射着影子。

说真的：他打呼噜。

他的嘴小巧，湿润，半张着。

他的额头左边，蓝色血管勾勒一个“A”。在育婴箱时，非常明显，现在，这个字母模糊了。

他在自己鼻子上抓了一把，留下个大大、红红的“Z”。

从侧面看，他的脸部线条，以前额为中轴，严格对称；轮廓正中，是他的睫毛。

每个人都能看出，白种人的皮肤并非白色。但我看宝宝皮肤的时候，脑子里出现的真是白色：百合花、茉莉花、巴旦杏仁糖浆、牛奶，或者从中国捎回的瓷壶，圆润，细腻，透出娴熟的手工。

怀孕时住进医院的白色房间，我们没生病，也不痛苦，廊道里嗡嗡响：我们觉得被人遗忘在了那里。

有几天，我感觉不到宝宝在动。他们告诉我不用担心，宝宝的心跳会有人监测。时间在流。

受不了的那一天，我一次又一次按空中悬挂的报警器。在医院的嘈杂中，一名护士抽空来擦干我的眼泪。宝宝的心脏在跳动，咚咚咚，咚咚咚，应和着我的呼唤。

宝宝是个早产儿，很小，他趴着躺在育儿箱里，我只能看到他的轮廓：小脸挤成一团，贴在褥子上，鼻子短小，眼睛闭着，胎毛覆盖着脑袋。

孩子出生后的第二还是第三个晚上，我睡不着，我来到廊道上。我遇到一个年轻妇女，怀里抱着孩子。一位护士正冲她发火：她可能会因为自己摔倒也伤到宝宝。我一时有些恍惚，怀里是空的，大脑把我带回到分娩那个时刻。楼下那一层，就是儿科，我穿着无菌罩衫和鞋套。仪器安静地眨着眼，这是一个泛着蓝光、静悄悄的世界，柔软，安全。大部分育儿箱用棉布盖着，像我们给金丝雀鸟笼罩上罩子。稍远处，一个育儿箱里，一个新生儿穿着纸尿布，带着防护眼罩，躺在刺眼的蓝光下，正接受光疗。另一盏床头灯下，保育员在用注射器给新生儿进食。

我走近一点，确定那育儿箱里是自己的宝宝：他个子小，头发金黄，有着早产儿的小脸，大眼睛圆圆的。但我越是看他，就越觉得他很远，一个陌生人，一个客观物：眼前的宝宝，完美的新生儿，一个婴儿的概念。惶恐突如其来，我不禁自问，他是我的孩子吗？惶恐中夹杂着羞愧：改变这一切，难道只需另一个视角、另一个名字、另一次分娩吗？我问，这个宝宝叫什么名字？保育员回答："保密。"

“您是怎么搞的，让孩子早产成这样？”

也许我在胎儿时期遭遇过某种毒素吧，我解释，但没想到三十年后这些毒素还能产生这么大影响。了解情况后，助产士心里会想，哦，这倒是成为坏妈妈的一个好理由。

稍晚，同一天，我在病房写东西。“这会影响你催奶。”

我们找到一个租电动吸奶器的地方，吸奶器是上世纪七十年代在圣艾蒂安生产的，电压 110 到 200 伏特就能用。我用它来吸奶，通过一根胃管把奶输送给宝宝。

四个月后，在宝宝父亲的帮助下，我们依然在奶泵和马达声中给宝宝喂奶，马达声有规律地响了好几个星期。

我像看奇迹一样，看乳汁从我的乳房渗出。人们说得对，这乳汁似乎能证明，育儿箱里的宝宝活得很好。在精心保护下，我成功地吸出 200 毫升初乳，这金贵的液体呈橙色，黏稠，富含抗体。“一切正常”，护士一边说，一边把吸奶器搁进洗涤槽。

您睡得不够。

您喝水不够。

您想工作想太多了。

应该吃些茴香。

喝无醇啤酒。

服用一点酵母、茴香酒和牛奶。

戴上哺乳期胸罩。

别有心理负担。

母乳，更是一种心理因素。

每个母亲都有乳汁。

我母亲就没有。

我对育儿箱的印象是，它对婴儿吮吸不利，但只是个简单的技术问题。然后，另一些词跳了出来，我开始相信世界卫生组织的指导性意见：不要将母婴分开，分娩后应该立刻将婴儿放在乳房下，决不使用吸奶器。

一个嬷嬷从门外探进头来，戴着修女帽，问我是否需要心理帮助。

在产妇楼层，我是唯一一个房间里不见宝宝的母亲。连清洁工都怀疑，是我把宝宝扔出了窗外，或者我把这里当作了旅馆。我把他的照片贴在墙上，这样工作时就感觉在他身边。清洁工把门窗一并打开，“让空气流通”，有时还会停留在我的房间内，瞧着我的垃圾桶，补充一句：“喂奶时不要吃橙子。”

我们写作时深思熟虑，几天之后，我们又会觉得，那不过是一种巧妙的讽刺。

他看到了什么？光和影的交替。他不知道名字的一些颜色。我们的脸（眼里的光斑，张开的嘴）。一些线条，一些轮廓，也许还有一些凸形。他伸出手，想够到更深。他又能明白什么？

他看着自己的双手，然后将它们往眼睛上贴，发出“砰”的一声。

少女时期，我观察过这世上的不同群体；只要吸食一次毒品，便足以动摇那些确定的东西，比如颜色、时间的链环、垂直和水平、听觉、嗅觉、视觉、触觉和重力感。我喜欢想象，凭我对这些回忆的信念，宝宝对经验的感知是新鲜而奇特的。

有几档电视节目，专门为幼儿而设，光彩夺目，色彩绚丽，好像要带孩子们去经历迷幻的旅程，它们也让挑剔的成年观众满意。

躺在婴儿车里，脑袋周围都是树，他看树叶摇曳，看风从叶片间漏下闪光，他观察了一个小时。

有一段时间，每当黄昏，宝宝就哭，没法哄。我们只好把他留在摇篮里，关上门。

这是享受白葡萄酒、油橄榄和夕阳余晖的时光，松树下，成年人快乐地聚到一起。

为了抓一个东西，他往上瞧，伸出手去，试探着，摸索着他的目标，好像他视野之内的东西，正是他想要找的、在别处藏着的东西。

他拉屎的时候，小脸憋红，握紧拳头，发出“嗫嗫嗫”的声音，很粗鲁，惹得我们大笑。然后，一下了，他又转过身去，像要思考什么。

蚊子把他的鼻子叮成了一个小丑。

我们摇啊，摇啊，摇啊。孩子的爸爸想象手臂有一个摇马达，能固定在摇篮上。

几个月过去，最后，我俩之间的规则很简单：宝宝的哭声让我们中的一个感到心疼时，那就不用多想，去把他抱到怀里。

“啊豁”，这个象声词，宝宝最喜欢。“哎哈”，被刻意强调，这法语的小舌音。在西班牙或英国，在中国或阿拉伯世界，宝宝们怎么说话呢?

宝宝懂几个词，“吸奶”“奶瓶”“你好”：哺乳和接触。当他还在娘胎中时，这些词就浸润着他（母亲的声音，父亲的反馈）；接着，在他周围，有人说，有人唱，有人讲故事；很快，这些词就能彼此区分，生成韵律，互相应和。如果唇部肌肉成熟得更早，协调性会更好（就像他的双手），那么婴儿开口说话是不是也会更早？我在想，那时他又会说什么?

“我想去看小鸟。”这是我们身边有个孩子讲的第一句话。说出这个复杂、准确、清晰的句子之前，他从未张口说话。

宝宝在和一小片纸“玩儿”：他寻找，他尝试，他开发。他费了很多努力。他成功地把手盖在上面，但不知怎么松开，他烦了，他摇，但这个白色入侵者还黏着他。

隐隐约约，我感觉到，宝宝是有经验的。我通过我的手指和神经感知到：这是一桩了不起的事业，集中，疲劳；这是一个迟钝、无须经由条件反射完成的感知过程。也许是一段残存的记忆。也许是某些平淡、重叠、相似的记忆：带着连指手套抓东西，用打着绷带的手写字，或者在集市上用铁爪子去夹一只塑料鸭。

我周围的好些男性，我的出版商，孩子的父亲，都说被西格妮·韦弗《异形》这部影片中的一幕给吓着了：穿着白色短裤，用机械手臂攻打喷着火的怪物（一种有抓取能力的升降机）。

从宝宝震惊的眼神和他强烈的肢体反应来看，我猜，他对这张纸片的认知，也被执着、焦躁、兴奋、性冲动、恼怒这类情绪所覆盖。

我们忘了扣婴儿车的安全带：宝宝从婴儿车摔到地上。脸碰出一块瘀青。我们犹豫要不要推他出门。

我们对语言道德的信仰，有时让我们身边的人感到不快，他们取笑现代精神分析里的那些奇迹，似乎表达和解释是魔法处方。但无论如何，我看不出除语言之外，还有什么能把宝宝和小动物区分开。

我碰巧看到一张叫“狼孩”的老照片。为了轰动，孩子穿着毛皮，伪装成动物；但撇开这些伪饰，让人震惊的是两只巨大的前臂，因为爬行而完全变形。手掌已经萎缩，蜷成一团，他用手腕爬行。我读到数起这样的报道，说也存在猴孩、熊孩、豹孩，他们中的绝大部分从未学会说话和直立行走。1920 年，辛格牧师在印度救出（更确切说是捕获）两个狼孩（小女孩），阿玛拉和卡玛拉。她们短暂的一生被各大报刊报道，当时颇为轰动。在照片上，她们赤身裸体，或者穿着衣服，她们脖子退缩，脑袋后仰，完全是狼的体态，但从侧面看，依然可以辨认出人的模样。

神父总结说："整体而言，她俩更像是动物。"这句话伤到了我的正常情感。反思过后，我问自己，阿玛拉和卡玛拉，由狼群陪伴长大，是不是有过除了吃生肉还吃别的东西的念头，是不是也用手摘浆果，是不是试着吃过植物的根茎，或者，她俩身上是不是还存在人类的想象力，是不是还记得什么，是不是有什么参照或疑问。她俩和狼群一起，蜷成一团睡觉，龇牙咧嘴，发出嚎叫，四肢着地，快速奔跑。她们嗅着气味，她们舔着喝水，她们撕咬猎物。她们肯定也与狼交配。

狼孩的母亲（母狼），当人类发现他们时，会誓死保护狼孩。

我想到宝宝的睡眠，从胎儿期的不见光线到照度逐渐增强，已经为他"造出睡眠"。他开始按我们的节奏睡觉，从一天数次哺乳过渡到规律的每日四餐。宝宝出生头几周，我们不敢相信这奇迹会到来；我们无法想象，一个婴儿能以轻松的姿态这么快就生存下来。

我想，宝宝唯有通过模仿，才能成为人类。

我每天都想这件奇怪的事情，悬崖并不遥远，但我们害怕在拐弯处坠落。

我听说有一只猫，靠奶瓶喂大，一出生就与同类分开。猫认为自己就是个人。它仰睡在主人的床上。它打开水笼头和抽屉。它坐在餐桌旁吃东西，从没想过它会变成别的什么（当然，它的主人也不会这么想）。

我知道一个十八个月大的孩子，他粗暴地掀起母亲的衣服吃奶。这个小男孩十分狂野，缺乏教养，而这个母亲，也任由自己在公共场合被儿子侮辱，这让我感到厌恶。

说到何时断奶，医院的保育员说，宝宝第一颗牙冒出来时，就可以断奶了。

确实，这颗牙象征着宝宝该转向另一种食物了，虽然母乳喂养这几个月，乳头变硬，已能承受宝宝的吮咬。

在斯堪的纳维亚，公共卫生部门希望哺乳期能稍长一点，但也不是长得像这位挪威女友一样，儿子四岁了她还把乳房塞给他。孩子的父亲早已离他们而去。这是母子间的一个仪式，在一张哺乳的专用椅上，在关着门的浴室里的灯下，早上或晚间。这不算粗鲁，暴力在此是秘密的。

宝宝之于母亲，是阴茎缺失的表现，这是一个明显的事实，也没必要往深处想。但这种说法里对女性的厌恶和粗鲁，让我恼火。在这种偏见中，似乎婴儿只是个潮湿、吮吸、贪吃、热乎乎的东西，如果以对称的方式，那么，孩子之于父亲，就是阴道缺失的表现。婴儿，从本质上说，出自“多余”。

父亲的象征性功能，为人们所熟知：分开孩子和母亲，以避免他们乱伦。但婴儿既是勃起，也是洞穴。这说明在各个方面人们都抑制有血缘关系的性爱。

本书的观点可能都是颠倒的。我最要好的女友说:“我们出生的时候，父母差不多用相同的方式来养育我们，不理睬我们哭闹，只在固定的时间喂我们，任我们趴着睡……现在，焦虑是因为有太多高深的育儿经，因此，得告诉那些新妈妈，养孩子哪有什么标准理论。”

在电影《飞越童真》中，约翰·特拉沃尔塔得出这么一个结论:“父亲的角色，就是让母亲幸福，这样母亲就能善待孩子。”

在美国的一个机场，我读到一张警示父母注意“婴儿摇荡综合症”的海报，每年都有一些婴儿死于摇荡综合症。

美国有一个“与父母同睡”协会，另一个协会叫“反哺乳”，为了保护孩子，远离母亲的性冲动。

父母的恐惧，恐惧黑暗、遗弃、虚无、孤独，决定着他们如何让婴儿入睡：这是一个精神分析专家在电视节目上给出的评价标准。从婴儿的角度看，如果我独自在一个黑暗、陌生、静悄悄的房间里醒来，我会感到恐惧。因为怕黑，只要可能，我就选择和别人一起睡。

他做努力，他同我们说话，他告诉我们：他从哪里来，他知道些什么。他尝试发出一些元音，但他没成功，他懊恼，因为我们没能听懂，他哭起来。

当他学会说话，他会把这一切都忘了。

这种学习的缓慢，被称为“婴儿期记忆缺失”。模糊意识就这样建构起来。

昨天，我抱他在怀里，他指着天空，用手指着，笑了……然后他似乎听见了什么，“啊唧啊唧”地回答着，他禁不住哈哈大笑。

今天早上，在宝宝睡觉的房间里，椅子围着摇篮，摆出一个完美的圆圈，每张椅子都顶着一本书，或者放着一个熊玩具。

我写作，是为了祈求好运——我所有的书都是：别让厄运悄然而至。我写这本册子，是为了让幽灵远离我的儿子，不把他从我身边带走；为了见证他的美、好玩和生长；为了把他记录进生活，如同许下诺言，感谢神的恩赐。

少女时，我读过詹姆斯的《螺丝在拧紧》，当时我对管家的说法深信不疑，她同一对幽灵争夺由她照看的两个漂亮孩子。如今重读，我才明白那管家是个疯子，她恨这两个孩子不是她亲生的，她疏远小女孩，就是为了同小男孩睡在一起。字里行间是那么写的，但需要领会真实的寓意。

梦见一本黑色书，黑暗和光明，一对孪生子。

我站在宝宝面前："一个昆虫学家站在昆虫面前"。

对写作女性的那种偏见——成为母亲，只是使这种情况更加严重罢了。

人们问我，在写作和宝宝之间，如果我必须选择一个，我会选哪一个？人们也用同样反常的方式问宝宝，爸爸和妈妈，他更爱哪一个？

写作，直接或间接，确实会对身边的人生起一些矛盾，但他们有意或无意问我的这个问题，其实对所有的妇女都是个矛盾：唔，她们更看重哪一样，孩子还是工作？

人们认为妇女普通，她们"平淡乏味"：无非吃饭、睡觉、奶孩子，每天疲惫不堪。抱着这些疑问的人，在我的书里面会读到这些。

宝宝的父亲，一边唱着《时髦的受害女郎》，一边在一大堆礼物中给宝宝挑一件睡衣裤。不少讨人喜欢的衣服，穿一次就闲置了。他长得很快，42 厘米，50，60……我们像是给模特儿不断地换衣服。

摩托车马达的爆音吵醒了宝宝，我咒骂那个混蛋，我变得很“家庭妇女”。

织毯，服装，砖瓦厂——童工艰辛的劳动画面，在一场人道主义运动中被揭露出来。没有哪一种行为让我感到如此愤怒。一个艺术家在一件T恤衫上，画上“孩子为孩子生产”的标语。读着这些字母，我感觉好像一些幽灵围绕在宝宝身边，在他的衣服和玩具上。

电影《第三人》中有一幕，主人公造访一所医院，一排接一排的摇篮，因假盘尼西林而受害的孩子们正在死去。一个修女把一只废弃的玩具熊扔进垃圾箱，一条温度曲线爬上了图表纸。人们看不见孩子了，人们不为他们哭泣；人们睁着干涩的眼睛，等着正义的出现。电影中最核心的这一幕，完全颠覆了英雄的正面形象，但让我觉得感情上太夸张了。

到现在，我都难以认清他的脸：我知道他有一双蓝色的眼睛，头发也慢慢地褪成了他祖父口中的“是一个金色头发的威尼斯人”的红棕色，他也眉棱透明，耳朵服帖，嘴巴小巧，上嘴唇有因为吸奶而留下的茧，尖尖的下巴下还有两个胖胖的小下巴，脖子粗短。如果我们盯着他的脸看，他的额头占了脸一半的大小，他的五官是从脸下半部分开始的：眼睛，鼻子，面颊，嘴巴。他有一个宽肩膀，肱二头肌关闭得很好；有一个小小的胎记在右边手臂上；他皮肤细嫩；有一个胖的屁股；他有和我一样粗短的手指。但这一切对我来说，记住他的样子，像是要我强制背诵一份报告。我把这一切还原到我第一次离开我母亲那天，在我最喜欢的家具和风景中，我发现自己都记不得母亲的样子了，我的脑袋里甚至都没有她清晰的图像。

较之于真人，我更容易想起他在照片里的样子，他的脸瞬间定格：扁扁的，不够生动。我在他睡熟的时候目不转睛地看着他，这个我生命里突如其来的入侵者，现在活生生地睡在摇篮里：蜷曲着、扭动着、伸展着、叫喊着。我看到一束圆柱形光向前推开；我看到两道蓝色的光芒；我看到一抹笑容：这些像是喧哗声中长出的一条长长紫蓝色的褶皱。还有，我听到了喘息声，看到一个绷成 V 字的嘴巴，再有，感觉到一阵温热，闻到了牛奶和面粉的味道，还有他小身体发出来的起酥面包的香味，再然后，我试着掰开他握成拳头的小手，试试他手指的力量，我等不及似的转过目光盯着他的嘴巴，那张为了咽口水，一直大大的张开，满是笑意的嘴巴。生命是一口井，只是这口井里面，装着些什么？

我现在理解乱伦了，滑入温柔的那个人，慵懒地爱抚，沉入对宝宝的情欲。我明白得有法律。

宝宝吃惊的时候，是真吃惊。他张开怀抱，挑起眉毛，瞪圆眼睛，张大嘴。笑的时候，他蜷成一团；哭的时候，大颗大颗的泪从他的脸颊淌下；困了，他揉揉眼睛；害怕了，他下巴挤出褶子，嘴开始打抖；我尤其喜欢他观察世界的样子，严肃得有些斜视了，他琢磨着桌子腿或者圆珠笔帽。

他的面部表情，只是随着情绪变化。好像相面术的雕刻版，刻着“生气”“惊讶”“忧伤”或者“喜悦”。像意大利的那些喜剧演员，他瞬间就能完成各种表情转换。

遇见一个新生儿，我很高兴宝宝从不透光的湖泊中升起来，光芒降临在他饿得直哭或乐得直笑的地方，在一种几乎虚无的目光中。新生儿的出现是陌生的，带着家族特有的特征。他像爸爸，也像妈妈，但我们对他一无所知。我们不知道他为什么哭，冷了？饿了？还是想哭？或者想睡觉？“令人惊异的陌生感”，不多不少，就是他。他的目光是垂危者和疯子的目光。有时，他的眼睛翻过来，露出白眼仁，眼皮有些抽搐。他的眼睛覆盖着一层纱，像是角膜翳。新生儿引人焦虑，让人悲悯：像患了一场大病，我们必须尽力帮助他，理解他，减轻他的痛苦。当他的目光凝视某处，当他在那层面纱下寻找世界，他就变成了一个婴儿。

关于他，写些什么，我还没有想。我最要好的闺蜜和我，各自抱着一个新生儿，面有难色。然后，他的目光从身体中出来。眼睛的颜色，较先前更加清晰，从灰蓝色到蓝绿色，角膜翳已经褪去。从新生儿到婴儿，需要两到三个月的，在这段时间里：找到与他共生的方式，恢复工作，愈合伤口，找到一个新的方式与世界对话，享受一种新的幸福。就在那一刻，宝宝第一次笑出声来。

胎毛褪去了：新头发长出来，更有光泽。脑后，红棕色的发束长及脖子，卷曲的鬓发。

他一直仰着睡觉，他后脑勺的头发变成了波浪形。

我把他热乎乎的美好身体搂紧在怀里，我咬他，我感受他。我和孩子的父亲做爱。我迷迷糊糊地看到宝宝。从儿时走出的自己？

然而，至少有另外一个世界，话题全是关于宝宝。此地，八月，在我母亲家，我去看斗牛。我把宝宝留给我母亲，同一群斗牛运动爱好者去斗牛场。喊声四起。这场精彩的斗牛表演，技术精湛，无法用言语来表达，但还是让我感到疲倦。我试图集中精力，观看红沙土上的斗牛表演。但我脑海里只想着宝宝。公牛分心了，朝对角看了一眼，是宝宝心神不宁；公牛被长剑刺倒后，张开鼻孔喘气，是宝宝在思考；公牛快死了，跌倒，横卧在地，是宝宝哺乳后的样子。

《解放报》，2001 年 8 月 22 日：

“一起有预谋的玩具爆炸案，在西班牙引起轩然大波。它发生在周一早晨，在巴斯克地区，一位六十二岁的老妪不幸遇难，她十六个月大的孙子严重受伤。八小时的手术后，小育康·加拉加葛仍然挣扎在生死线上，两眼破裂，颅骨骨折。”……玩具，是一辆装着火药并配备引燃器的小车。一群有组织的赛日年轻人，游行后把它丢弃在圣·塞巴斯蒂安老城的一个酒吧里。

父亲的作用，母亲的作用：一切都说明，我们对孩子是必不可少的，所以我们教育孩子，做什么都不能绕过我们。给予孩子爱的任何个人或群体，也都跟我们有关。

身体不适，眩晕，一位单身女友，参加完一个有好几个婴儿的家庭聚会后说：“不是说这完全与我无关，而是说这是一个并行的世界。”

宝宝越是叨叨，我们就越是模仿他。他能发出清晰、能辨认的单音节：“哒”“呗”“呵”。他能发出这样的语音语调，我们非常开心。我们重复他发出的音节。宝宝主宰的房子是一座疯子的房子。

我们的家人永远不会比我们更明白宝宝，他安静，好做梦，到访者不会让他兴奋。如果有人把宝宝抱在怀里，只要看见我，他就斜过来，冲着我笑。这让我非常开心。（何处安放这骄傲感呢？）

我不厌其烦地问孩子的父亲，让他告诉我，我最害怕的那几分钟发生了什么。他被一个仙女似的活泼漂亮的女护士带着，来到早产儿暖箱房，而我还在分娩室，清理胎盘。

“早产儿暖箱房”，在透明树脂硬壳的温暖中，我想象，这些育儿箱，就像一排排大母鸡在孵蛋，宝宝们就藏在羽毛下面。

事实上，这是一个高科技的地方，人们在这里让早产儿平稳渡过最初几天的危险期，这里也是他们躯体成熟的最后一步：一个蓄势待发的弹药库。

宝宝笑得幸福，笑得快乐，或者因为什么东西让他感到好笑（爷爷的声音，一张白色塑料椅子，但还不是鸽子、挠痒痒、藏猫猫，或者小印第安人游戏这样的事情）。当我们把奶瓶从他嘴里拿出来，他会反抗，如果不还给他，他会哭得绝望。如果他害怕，他会发出带摩擦音的尖叫。他絮絮叨叨：自说自话；他耷拉眼皮：他困了；他哼哼唧唧：他无聊了。同我们说话时，他看着我们的眼睛，把重音落在最后一个重读音节上，询问我们。他欢呼，他吃惊。他抱怨某件事情已成定局，他要求，他叹气。当我们终于将他抱到怀里，他满意地“啊”了一声：这并不复杂。

然后，他发出痛苦的尖叫。尖叫声朝四面八方散开，像一个疯子或精神错乱的人在叫喊。他不再认得我们，他喊到窒息，全身涨大，面目全非。我们紧抱着他僵直的身子。这是我们唯一能做的。他一直尖叫，直到什么东西让他无精打采：四肢软下来，目光定定的。然后他困了，睡了，又深又长，我们监护着他的呼吸。

这对婴儿很平常。全面检查后，儿科医生对我们说："哺乳期结束后就会好的"（宝宝头几次尖叫时，已经有六周大了），"我女儿也有过这种症状"（说到这，他眼睛有点潮湿，仿佛想起了什么）。按照处方，我们给宝宝服用嘉胃斯康、吗丁啉、聚硅烷凝胶、安儿宝、梅勒克斯[①]和德布尔特[②]。我们需要一种药，宝宝危机发作时，真正能起到止痛效果的药。但这是一种常见的症状，药物疗效也就不那么明显。我们好像要一点海洛因似的。

有一天，我碰巧遇到一个儿科大夫，她说"她也不知道他究竟怎么了"，我反倒感到明白一点了。

"他忘了"，他们这么安慰我。我反而看到这种失忆和疼痛交织一起的危险。我更愿意他记住那些疼痛，感知那些危机，这样他会明白：痛苦总有一个尽头。我也更愿意说服自己，他的尖叫是因为恐慌，而非痛苦：前者让我更

---

① 氢氧化铝、氢氧化镁混合物，缓解胃气压，胃灼热快速溶解片。

② 三甲丁酯，解痉药。

安心些。最初的危机源自一些噩梦，他在睡梦中都会哼哼唧唧。

他还在儿科病房育儿箱里的时候，经常要给他注射药物和验血。程序很简单：一个保育员给他喂葡萄糖水，另一个给他打针。宝宝既开心，又放松。新生儿的大脑，同一时间只会处理一个信息：糖水的甜味胜过打针的痛苦。这种服务方式，看似人道，但让我震惊。

我眼前是一片平原风景，耸立着一座大山，也许是一座火山，或者是一座冰岛。山是黑色的，覆盖着灰色和白色的碎片，平原是橙色和蓝色的，遭到破坏，长满苔藓。我在屋子一旁辟出一个花园。土地是黑色的，泛着光泽，我整理好地基，堆了座假山，修了条闪光的小卵石铺成的路。

花园一角，有个男人，随后又出现好几个站着的男人。他们好像在等待着什么，他们互相看了一眼，他们不吱声，盯着我。

夜晚降临，天色渐灰，空气潮湿。我怀里抱着宝宝，宁肯远远逃开。

我走在城市的一条狭窄街道上。这是一幢昏暗的高大建筑，雨水把它染成了黑色。一辆双层公交车从我身边驶过，轰隆隆响。

醒来，几道梦的残迹。

九月初。一个清晨，宝宝的父亲和几个姑姑，每个人都骑辆摩托，出去工作。我和宝宝留在这座家族的房子里，在露台上，面对玫瑰，同碗碟和茶壶在一起。秋天的第一丝凉爽。从未有过的居家当家庭主妇的感觉。

食物的加工，子嗣的抚育，高贵的必需，男女都一样。

本子上沾满油渍、奶渍和茶渍，经常在厨房里写作。

我揉面，阳光洒在瓷砖贴面上。他粘在婴儿车里，啃他的长颈鹿。我哼着华尔兹，马戏团音乐，还有斗牛舞曲；零星片段，混淆不清，懒散乏力。我挺傻的，跳舞给他看，他大声笑着，目不转睛地跟着我在厨房里转。我是女王，世上最好的妈妈，最漂亮、最有趣、最明星、最爱他的妈妈。我把他从婴儿车里抱起来，同我一起跳华尔兹，他是个出色的舞者。

炎热的夏末。宝宝只穿单层纸尿布。我给他喷些矿泉水，他睁大了眼睛。我又对他吹了口气，这股凉爽让他惊愕。他深深地吸了口气，他要哭，最终却笑了。我继续吹气，对着他的脸蛋、肩膀、肚子、手掌和脚掌，把他全身都吹遍。他的笑冻住了，嘴笨拙地张着，满嘴唾沫泡泡，牙龈露在外面。

他身体的那个部位，从他出生起，就是禁止触碰的——他的生殖器，不断更换的纸尿布将它隔开。

我嫂子告诉我，曼特侬夫人建议我们用英式方法来替宝宝换尿布："在裤衩破了之前"。在法国，婴儿会被带子绑在好几层厚棉布里，尿都滴出来了，才会去松开。

瞧他像狗崽护骨头一样，嘟嘟囔囔个没完，一整天。我完全不懂；也许他只是试图发出个声音，而不是想表达什么意思。我着急想让他知道，他这个声音还算不上我们所说的语言。

“人类使用语言的时间，不过四十万年而已！”年老迟钝的祖父，颇受感动，凝视着宝宝。

他玩着玩着停下来，紧张地看着我们，他皱起眉头，专心考虑片刻，然后往前送出嘴唇，说：“啵嘞。”

说到写作，头几个星期，我只能清晰地看到，我对正在写作的东西失去了欲望：这无关紧要，我在生活中再也找不到它的位置。关于宝宝，我也写不出什么。没有任何想法，也不想要什么想法。但面对突然出现的这个小身子，还是有一种惊愕；迟钝，焦虑；一种抽象的喜悦，脱离了现实，巨大，破坏。

把感情当成了思想。

这几个星期，我在房间里总是抱着他：两公斤半、二点六公斤、二点八公斤；给他哺乳，用奶瓶喂奶，哄他睡觉。我看电视。几乎只看纪录片：长江上新修的大坝；大型猫科动物的繁殖；工作场所的性骚扰；约翰内斯堡的走失儿童；地球变暖的三个原因（墨西哥湾流的逆转，浮冰的融解，海洋深处甲烷冻结）；世界上最美丽的那些船；一个阿韦龙屠夫寻找接班人的困难；十分钟认识二十世纪的天才（弗洛伊德，弗莱明，爱因斯坦）；新的细菌部队；迷人的萨尔茨堡；头部相连的连体婴儿的分离；保加利亚温泉。

“给他哺乳，用奶瓶喂奶，哄他睡觉”：今天我把标签贴在这种萎靡不振的清瘦之上，在好几夜没睡好的疲惫之中。“权当一种享受吧，”人们这么安慰我：“很快就会过去的。”

在这几个星期里，直到宝宝第一次露出微笑，我存在的意义，就是伺候这个“吃奶专业户”，闭着眼睛，握紧拳头，即便乳头堵塞，或者没了奶水，他都无力反抗。他吃呀吃呀，神经元都用在吃奶了，像我看电视时按了暂停，锁定在那档节目上。

孩子的父亲已恢复工作。我理解他。天亮了，天黑了，睡了醒，醒了睡，没人同我说过这一切多无聊，或者是我自己以前不信。

无论如何，这是第一次，无聊和快乐叠加在一起：这两个极端神奇地不再彼此对立。

写作的幸福，同宝宝在一起的幸福：两种幸福不会互相对立。在我身上蹑手蹑脚，宝宝哼哼唧唧，像唱着小曲儿："我们不能同时是一个知识分子和一个好妈妈"，我们不能一边思考一边照顾婴儿。圣·波伏娃。

远离互相杀戮的幸福，依靠彼此哺育。此处，写作伴着宝宝一起长大，宝宝也从写作中获得好处，因为这个本子让他的妈妈快乐。我继续写作。多少女友被这个专属女性的"产假"弄得精神缺氧；独自面对一个未知的新生命，面对奶瓶和尿布，只是渴望重新找回那个外面的世界、工作和男人？这叫"产后忧郁"，它是成年人被新生儿屏蔽了原有生活节奏的一种绝望，一种必须面对的思考萎缩。

对此，有些女人去适应，对抗，接受，直到甘心，她们有时乐于享受这个过程，一种奇怪的融合。另一些呢，跨不过这道坎，童年的创伤再次揭开：这是另一种不幸，另一种性质。

“赋予生命，即是给予死亡”，这种说法让西方女人沮丧。确认之下，又受形而上学滋养，它变成了老生常谈，我听到的是西班牙法西斯主义者的说法：“死亡万岁。”

宝宝是会死的，也许，但并非即刻化为乌有。我对他的爱，有一部分表现为恐惧；但他不会死去，反而一天天长大。因此，要给他接种疫苗，要采取简单的预防措施，也要尽我所能，让他远离死亡的冲动（治好这种神经症）。

“赋予生命”，也是一句刻毒的话，基础是让人欠债。“生下他”，这说法就更喜庆。我们从羊水中娩出一个生命，他将存活下去，他诞生于流水、动态和时间，而不仅仅是自己生成。

怀孕，就像一艘船：颠簸，起伏，把一个乘客携至彼岸。

必须肯定生下他这份喜悦，为一个生命开辟通道这种壮美。

"除了被诞生这个恩惠，我不知道还有别的恩惠。一个公正的灵魂认为这是完整的。"

伊西多尔·迪卡斯，洛特雷阿蒙伯爵。音乐！

上头还有这么几行："为了取悦母亲，儿子没有去宣讲，母亲是智慧的，容光焕发的，而他将用自己的方式来印证他的赞美。他没有这么做。与其把它说出来，他宁肯付诸行动，并克服这种纽芬兰犬狂吠不止的忧伤。"

宝宝的笑没给我幸福，却让我开心。我希望，通过这种细微的差异，让他更加放松自在。

迄今，除了牛奶，宝宝也尝过其他美味：覆盆子（一种反酸凝胶）、茴香（胃病绷带）、橙子焦糖（各种维生素）、柠檬（抗佝偻病复合药物）和木瓜（抗流感糖浆）。

今天，第一次喂固体食物，夏天的第一美味：一只压碎的桃子。面对勺子，他没有一点反应，既不吃惊，也不高兴，也不厌恶。他咽了一下口水，这就是全部。我很失望。可以说，我是带着爱才选定这种水果。最后，他用舌头把勺子顶开。“他情愿吃药，”孩子的父亲说：“现在他更想要他的奶瓶。”

他记得我乳房的味道，也记得我和他父亲皮肤的味道，他会像吃奶一样，吮吸我们的肩膀、脸颊和手指头。

他闻这些东西的气味：烤面包、饼干、橙子花、蜂蜜、牛奶，或者每天一到两次，他闻自己便便的味道。

他自己也搞不明白，为什么使劲想翻过身，或者设法想坐起来。他会老实待在那里。但烦了的时候，他会吵闹，我们则迅速赶去。

他的泪管阻塞，眼睑化脓，睫毛粘在一起。儿科医生说：“清洗一下就行。”我感到恶心。

“我想全家一起去散散步。”孩子的父亲说。全家？我感到吃惊。但他说的是我们，我们一家三口。我挺惊愕。

一个“好母亲”，我做得到吗？如果“母亲”和“有罪”不是总在一起被提及，我还真没想过这个问题。怀孕时，我试图凝神于此：别去想这个问题，弄得自己不适合做母亲似的。但我很难听明白这些词的含义，比如“母亲”，我会变成另一个人，并且突然被赋予一种价值，“好的”或者“坏的”。

随后，我碰巧在时尚女性杂志《她》上看到了这个问题的答案。这是一个关于麦当娜做佛教徒期间的采访。她解释说，婴儿在地狱边缘，等待着找到最适合他们的父母。不是父母在选择要生一个孩子，而是孩子们在选择要有什么样的父母。

我看见宝宝们斜倚云朵，像拉斐尔笔下的小丘比特，无聊且梦幻。他们往人类这边欠欠身子，然后跨过舷墙，踏进我的子宫；他们评估了父亲，虽然意识到风险，但经过了深思熟虑；他们可能考察了所有可能的人类对象，包括猫、狗、苍蝇，最终选定了我们——我和他父亲。

不满意的宝宝们，他们忘了自己为何做这样的决定，那你们只能怪你们自己了。

麦当娜穿一件印有“母亲”字样的T恤衫，背后写着“混蛋”二字。

▷▶

/第二章/ 夏 秋

递给他长颈鹿，他用双手抓住，毫不迟疑。远远地，对他说话，他用目光寻找，他找到了我们，他应答。挠他痒痒，带着他跳华尔兹，唱歌给他听，他大笑。我们靠近他时，他想躲起来。他一边“呃呃呃”，一边拍打小脚丫。他知道调整自己的微笑：问候我们，吸引我们，即使我们很无趣，他也以礼相待，肯定我们，喜爱我们，让我们安心。他的角膜翳消失了，看我们的时候，他的眼神生动而专注。不再是新生儿了，但也还不是幼童：他是个婴儿，是个大胖小子，是个真正的宝宝。

最近这些日子，吃奶的最后几分钟，宝宝表现出不满，推开乳房，哭出声来。我用整整一个星期来理解，或者说来承认，我没奶水了。

不知不觉，也就是在那一周，我开始用辅食喂他。

我告诉宝宝，像第一份儿童心理学报告告诉你们的那样，我没奶水了。

我又补充说，很抱歉，但这不是我的错，显然也不是你的错，当然我们可以再试试看，说不定我还会有些奶水，只是，或许这样对他也好，因为他很快就要进托儿所。

从此，他在晚上安安静静地睡觉。

“结束”，“开始”，他对这两个概念有想法？开始吸奶瓶了，他兴奋，开心，吸完了，还在努力吸，并且抗议。他好像有一个梦想：到处都是乳汁，他可以吮吸，心满意足；生命流淌在这个白色的时段。

母乳喂养结束，无疑推动一系列事情走到尽头，对此我无能为力。必然的失落感：宝宝的父亲和整个现代心理学都证实这一点。

他还在育儿箱时，我就担心保育员会在夜里任由他哭泣，或者他会感到孤独。孩子的父亲说："我们免不了因宝宝而起的那些心痛。"

奶瓶在继续，辅食是中断的：每一口辅食，他都恳求，我们把勺子硬塞进哭喊着的嘴里。

为了准备给两个连体女婴做手术，一位心理学家让她们玩带凹槽的玩具，它们能合拢，再分开。她俩十八个月大："合拢"和"分开"是她们必须明白的概念。她俩的头连在一起，像一只大螃蟹，在这种身体相连、让人焦虑的状态下，她俩心照不宣，倾斜着移动。

"结束"，"开始"，"继续"，"中断"，"分开"，"合拢"：

难道他对这些概念毫无想法？我不信大脑会如此天真。要思想就得说话，概念只能通过文字生成，我觉得这种理论很可怜。

儿童心理学的一个经典观点：婴儿从出生到七八个月大，会认为自己和母亲是同一个身体，描述这个时期的术语叫“分离焦虑症”。同时，他从镜子中认出自己。都说一个人是从“我”开始建构的，从这个起点，才会有“你”和“他”：我，在这种语言结构之上，在其他身体中间，只是一团飘浮的星云。

读温尼科特或者多尔多的书，我品味那解开的谜，文字精准。我参加了——他们是反对的——几次魔法培训，还有灵敏的驱病念咒，它们建立在经验和比较之上，建立在胆略和常识之上。一个小男孩画小鸭子，是因为他患上了趾蹼病。一个小姑娘被小鸡弄得心神不宁，因为她父亲有了一个情妇。

但是，对他们的“分离论”，我还是顽固地不信任。但愿他不知道他是谁，他身在何处，我确实做了这个试验：他凑到镜前看到的是另一个宝宝；我站在他身后，没让他迎面看见，他并不更吃惊。但他能区分白天和黑夜，能明白吃或者不吃，我确信，他也能辨认我的手和他的手。我想说的是，他不是白痴。当然，也可能是我把一切都混一起了。

无疑，事物和生命，并非对立，对于他，不可分割。我和他的父亲，在他看来是单一体，手脚捆在一起，有些滑稽，这才是吸引我的地方。无疑，他知道冷或热，软和硬，明与暗，但不把这些现象关联起来，它们经由惯例彼此对称。我试图想象他的想法，一种感觉和画面的结合体，开始可能是这样的：他刚会说几个音节，并把它们安排妥当——是现有的：生存必须在语言之前，他又添上只属于他的味道。他思考，他观察，他组织，他冥想：这是一个人。

在产房，心神集中在他们要我做的事情上，我听到一声颤音；我跟自己说，一个新生儿在隔壁房间哭。片刻，我的腹部放上了一个蓝紫相间、热乎乎、湿漉漉的身子。我很想把他转到正面来，但我知道时间紧迫，我们都担心宝宝着冷。让孩子在我身上趴两秒钟，这是事先约定，免得我事后不满。

我想不起来他是否一直在哭；声音和我眼睛看到的一切，我是事后才联系起来。

人们带过来一个育儿箱。育儿箱里，一双黑眼睛，透过虹膜，盯着我。此时，在神经丛的空穴，我知道了我写宝宝的极限。

奇特的日子有奇特的事情，为了寻找我们，他睁开的眼睛。持续了好长一段时间，接下来的几天，宝宝双眼紧闭：仿佛又回到胎儿期的睡眠中，偶尔因为打嗝动一下身子，醒十秒钟，伸伸腿，又跌入睡眠，好像还在娘胎里。在这个放满育儿箱的房间里，全透明的，孕期还在继续。

分娩后，我不知道是出于何种安全考虑，产妇得在手术台上，仰卧两个小时，双腿张开。重新看了克里斯蒂娜·安戈的访谈节目，我才明白，这些“足月”分娩的产妇，可以让宝宝在妈妈腹部上待着，来度过这两个小时。

我和护士交谈。她热情，干活利索，非常熟练。她一边同我说话，一边整理产房用具，打扫房间。我们比较了这家医院和她工作过的几家巴黎诊所的各种优点，还谈到她花在上班途中的交通时间，同时也谈及不同街区的小学。

我从来没有这么强烈的被切成两半的感觉：身体上，硬膜外麻醉，药效迟迟未退；精神上，这场谈话：一边是宝宝的黑眼睛，另一边是世界的喋喋不休。这并不让人感到不快，也算不上荒谬：有些离奇罢了。我想，是的，重要的是，他出生了。

不再需要育儿箱的时候，他的摇篮旁边，有一个身子非常小的女婴，足月出生，却只有三磅。她的体型和外表，极像三个皱巴巴的苹果。她有一张魔术师的脸，精致而疲倦。与她相比，我们意识到，宝宝长高了，长胖了：他露出宽肩膀，看起来傻乎乎、乐呵呵的，我们可以出院了。在这个女婴的摇篮上，我们看到她名字的第一个字母是 A，真是别致的名字。她那些单彩画似的衣服，我只能这么描述，纹理和颜色俱佳。她被长毛绒衣服包裹着，漂亮，有点滑稽，像是年久而生的色泽围绕着一个新生的宝宝。

摇篮对面，是一个胖乎乎、红扑扑的婴儿，他呼吸困难。他取了个美国名字。我们没留心他的穿着和毛绒玩具。他母亲累垮了。她还有两个孩子。她从远郊赶过来。出托儿所，她得赶每天四个钟头的路程。

小女婴 A 的母亲，因为剖腹产，不能动弹。她在给 A 的孪生姐姐喂奶，A 的姐姐在子宫里吃掉了两份营养，呼吸了全部氧气，因此她的体重是 A 的两倍，现在正睡在母亲身边。

这些事情，关于这些人，关于那些人，我们不是非得知道不可，但我也不知道为什么，我们都知道。

对这两个新生儿，我有一种自发的情感：两个小邻居，和宝宝同期出生的小生命。这带给我一些关于社会起源和其他不公正事件的思考，关于机遇和命运的思考，因为在摇篮旁边打盹时，我们会被叹息和形而上的思考填满。

在宝宝们的呼吸声中，我读《安娜·卡列尼娜》。那位儿科大夫开玩笑说，他保证一千页之后再把呼吸声还给我（事实上，像卡列尼娜卧轨自杀一样，我们回家了）。

朋友们同我们说起，在巴马科[①]医院，他们的女儿接受了治疗，医院里用于照料早产儿的育儿箱非常少，人们居然用塑料瓶盖，给他们喂水喝。“我都羞于拿出消毒片来用。”孩子的母亲说。

① 非洲国家马里的首都。

煮一只梨，我花了很长时间，我削掉果皮，压成碎泥。但宝宝还是不想吃。他要他的小奶瓶。

九月的玫瑰花，开得硕大，但无精打采。宝宝伸出手。眼珠转动，努力想聚焦视线。阳光洒在花园上，薄暮已近，我为此写了几行字。碎石路上，传来他父亲的脚步声。幸福，此刻像印在彩色石上的一幅画，我们感受到这一刻，喀嚓喀嚓，像幻灯片，留在记忆当中。

另一幅画：我父亲高大、肥硕的身躯正抱着宝宝的小身子，他们的剪影融化在大海上，这是一张精神的照片，夏天。

有时候，在花园另一侧，风拂过，树下藏着些黑色的东西。活着的感觉，闪光般锐利。我试图说服自己：恐惧，可不是这种奇异的爱的本质。

另一本书露脸，这本书的阴暗背面，我们的生命就与明暗同处。虚构，是为了说出整体。

宝宝懂得如何翻身了。对此，他很着迷。把他面朝上放着，他平衡双腿，扭动肩膀，绷紧脖子……屁股抬起几厘米，用力僵持住：乌龟离开了自己的壳。把他面朝下放着，他摇晃胯骨，纸尿布“啵呼”一声转到另一边去了：他被这种扭结状困住，一只胳膊卡到身子下面。但他没有喊：他忘记了我们的存在。他独自面对一座大山。

必须解决他四肢和身体的平衡问题，协调它们，以便在空间改变位置。这是第一次，凭着一个自主的行动，宝宝能把世界翻转过来。

在洗澡盆中，在小床上，在婴儿车里，在我们的膝头，他唯一操心的事情，就是找机会练习翻身。我们装出来的微笑，对他不好玩了。那事情太重要：在婴儿中间，他是大人了。

他听到的法语，或者他能发出的声音，概括一下，就是一长串“嗬呃呃呃”，是喉头的颤辅音和口鼻的尖细音。

几个星期之前，他读出了音调。“啊 – 呀 – 呀 – 咦 – 哦”，他用最简单的表达来简化法语，字母 E：噘起嘴巴，发出声音，长短不一，延伸音节。

他很高兴我们用“啊 – 呃”来回答他，或者给他示范一个新的发音“忒呃”。他手舞足蹈地开始学，用呼出一口气的时间，把声音发出来：“咕呃 – 呃呃”。

他明白语言是用来交换想法的。我们的对话只涉及我们自己：

“我和你说话。”

“你和我说话。”

神奇！同义反复让我们非常开心。

突然，他累了，喘着气，看着另一边。对他，语言是众多活动中的一项：咬他的长颈鹿，吃东西，或者翻身。

他的“节奏表”，我们一小时一小时地往前填，一直填到他进幼儿园。这让人想起一组组镜头的生活：睡觉是蓝色的，吃饭是绿色的，掉眼泪是红色，唤他起床是黄色的。他什么都不做的时候，我不知道应该划在哪一个框格。

他正做梦，眼睛睁着，嵌在两块垫子中间。我为他疯狂。

除了睡熟时刻，时间飞快流逝，自由自在，对宝宝来说，必须发生一点什么。运动对他已经是一件事情（像乘火车或行走之于成年人）。在他的婴儿车里翻动，在我们的怀抱里摇晃，在我们的膝盖上抖动，在汽车里爬来爬去，宝宝活力十足。很早，我就震惊于他忍受不了无聊：他会因无聊而尖叫。

躺在他床上，他瞧着大象转动。一个会动的大象雕塑，芬兰制造，被切成塑料薄片：一头红色大象，一头蓝色，另一头黄色。是我挑选的。孩子的父亲注意到，像这样放置，宝宝看到的不过是三块薄片和一个黄铜支架。

这是什么？

一个墨西哥人在骑自行车（从上面看）。
童年留给我们的小片段。

有机化学：在一小锅辅食里，蒲瓜、苹果、胡萝卜，它们会合成什么？颜色如何？何种品质？什么气味？

我保留着保育员的习惯：用清水和棉花擦拭宝宝的小屁股。“婴儿臀部是什么样，妈妈脸部就是什么样。”一条治疗皮疹的广告这么写，差不多这个意思。

和我聊过天的那位英国作家告诉我："两岁以前的孩子，只是个抽象概念。"我愿意相信他的说法，但实际上，我不能完全认同婴儿只是个幻象的说法。

"拒绝孩子"：美国一个拒绝生养小孩的协会，起了这么个名字。我认识美国作家波比·Z.布里特，她宁肯主张鸡奸，也不支持人类的繁衍。但是，"拒绝孩子"倒不是那么滑稽：他们抱怨孩子们在公共场所发出噪音，或者因超负荷工作而无暇顾及灵魂……

我是"要孩子"的人，如果必须自我辩护，我该怎么表达？

我有一个孩子，因为我知道这让我快乐。

我有一个孩子，因为我遇到了那个男人。

我有一个孩子，因为我是为了繁衍好人。

我有一个孩子，因为他们告诉我，我不会有的。

我有一个孩子，因为生命总比“虚无”要好。

这些理由，不是要让人改变信仰。事实上，我期望繁衍下去的那些人，为数极少。

我记不清哪位幽默作家说过：“从个人角度讲，我是不会要孩子的，但我的孩子们，他们想做什么都可以。”

当我看着宝宝，他是如此真切、如此奇异地从我身上分娩而出，而且他面对世界是如此决断，他蹬腿，他品味，他倾听，他触摸，他从育儿箱出来，我更加相信，他的存在是他自己决定的。

我去探望最要好的闺蜜。她女儿出生几个星期了，从那时起，她家的电视就一直开着。家庭主妇，闲人，抑郁症患者，记者，股票经纪人，他们比我们更早看到这个画面：一架飞机撞进世贸大楼。有人从窗口跳出来。五角大楼腾起火焰。两座高楼崩塌。

闪回：一座很蠢的过街天桥，装着落地玻璃，铺着地毯，还有几道旋转门，我们走得很快，焦虑而疲惫，这个过程中，我和孩子的父亲有些不愉快。

宝宝将永远不会知道那两幢大楼，这种想法不真实，也让人不安，除非作为一种象征，象征性的建筑废墟，我也不知道，一座现代斗兽场。

我在为宝宝的未来忧心。

今天拆阅信件，一首来自澳大利亚的诗歌，它的声音让我动情。米歇尔·A. 泰勒，地球另一端的诗人，怀孕的妈妈，她把自己的怀孕期写在樱桃和海龟上。她告诉我："你所写的，我全都能感受到。"一切友好、快乐、抚慰心灵的话，我都欢迎。

今天，宝宝咳嗽。我首先想到，他感染了细菌。

自从在电视上看完一个专题报道，给宝宝接种牛痘预防天花的想法，就一直困扰着我。

很久以前，在苏格兰高速公路旁的一块空地上，我看到一个妇女就在野餐桌上给她的孩子换尿布，那天的气温低于零下五度。

接着，在冰岛，一排有篷童车，看似温和地停在超市门口，宝宝们却在童车里，在连帽滑雪衫里睡着了。

再后来，在得州，我从一份当地报纸读到一则新闻，一对斯堪的纳维亚游客夫妇被警察逮捕：他们购物的时候，把宝宝留在杂货店外面。

今天早上，在市场里，我偷看其他婴儿车，看宝宝们都穿些什么。天气比预报的要凉，宝宝只穿了一件风衣。我看到羽绒服、毛衣、毛毯、羽绒被。怎样才能知道他们感到冷？

（还是小孩子的时候，我们穿一种叫 K-ways 的冲锋衣：尺码是六个月儿童的身材，用小口袋和橡皮筋把身体包裹起来，现在看来，那是不管用的。）

他听得懂我们跟他说的话："一会儿给你奶瓶"，他就开始咽口水。如果我们说话不作数，把他的餐食换了（因为要给他揩鼻涕，因为忘记给他系围兜，免得弄脏漂亮衣服，或者因为奶瓶太烫），他都会表现出强烈不满。

魔力似的句子："你可以睡觉了"，他有时就会闭上眼睛。

"你爸爸快回来啦"，让他变得耐心。

"你是最漂亮的宝宝"，他就眉飞色舞。

"哪一个王国有我们的高贵的王子，

新奥尔良，博让西，克莱利的圣母院，

这个旺多姆，那个旺多姆，旺多姆……”[①]

很早，宝宝就能分辨歌曲和说话之间的差别。头三个音符，宝宝扬起眉毛，他微笑，然后爆发笑声。

“伊库克丝　伊库克丝，
码头旁边，
美丽白船，
在水面上。”[②]

父亲和母亲，儿歌的宝藏：地理上的偶然，造就了这些，唱着唱着，就想起自己的根——“出生在那里”——像歌中所唱的。

接完一个伦敦朋友打来的危言耸听的电话，双子塔抓住了我的思念，不可思议：我曾是一个宿命论者，漂浮不定，充满怀疑，而现在，似乎转瞬之间，我是一个母亲，我在想，在巴黎哪里才能找到适合六个月大婴儿戴的防毒面罩。

---

① 法国传统儿歌。

② 法国、西班牙接壤的巴斯克地区传统儿歌。

一天，他肚子痛。我和他，我们等在痛苦的两端。他痛到呼吸困难，我筋疲力尽，傍晚时分，他安静下来。第二天，他脾气暴躁，他不想睡觉，他不想散步，他不愿保持安静；我们彼此都不满意。

把他放那儿，嵌在两块垫子中间。到阳台上喝杯咖啡。两天了，没写一行字。

等待，整整一天，他睡着了，等来一小时的自由。

他奶奶一边给他唱童谣，一边为他做布袋木偶。

他爷爷带他散步，风雨无阻，假装严厉。

他外婆用巴斯克方式宠爱他，又为自己不能用法国方式而担心。

他外公圈起手臂，像抱一口钟一样抱着他，做各种妥协，只为博得他一个微笑。

他的另一个外公（我母亲的伴侣），不给他喂奶，也不帮他换尿布，他带着喜爱之情，只敢用他那双大手的指头，逗逗宝宝。

大家都内心喜悦：他有趣，爱笑，专注，安静，很乖，又好看，这是个结实的小家伙，惹人喜欢的小宝贝，让人满意的小伙子，勇敢的小兔子，强壮的小猴子。他是个小淘气包。

每个人都为他疯狂。我觉得他是幸运的。

假如没有他们帮忙，我有时就只能把他撇在一边。真是奇迹。

所有的妈妈，我注意到，都会说到令人羞愧的这么一天，在宝宝胖乎乎的皮肤褶皱里，她们发现了污垢：婴儿抗拒洗澡。

腹股沟，脖子下，颈背下，手掌处，脚趾间，耳朵里：乔乔狗似的宝宝们，是一些褶皱的包囊。

当爷爷或外公带他去散步，或者奶奶或外婆看着他，我一点都不担心，反而感到慰藉：我明白在我的视线之外，他继续存在，他活着可以没有我，没有我他也不会死。我尽情享受假期。

现实——他的存在——一点一点勾勒出我的位置，一点一点把他同我分离。

有人看管他时，我有足够的理由让自己去看一场电影，而不是写作或做饭，也不是赴什么约会，我去看多米尼克·卡布雷拉的电影《人类温柔之乳》，讲一个妇女生完孩子后跑了。

把宝宝放到托儿所，下午两点，一个人去看电影。喝着咖啡，读读报纸。傍晚时，去接他，装出一副疲惫的样子。

第一次同托儿所院长通电话时，我讲得结结巴巴。旧的烦扰重现，写作，这项工作，被贬低为一位家庭妇女的奇怪念头。烦扰还在于，他们认定我从事的不是一种正式职业，居然取消了我在托儿所的预约名额。

托儿所的空位取决于孩子父亲的工作单位。我们街区的所有托儿所都满员。我早听说他们那种惯有的无礼，那种拒绝的腔调。我更愿意听到客气点的句子，纯粹的拒绝，没有弦外之音，表述明晰，起码不要带个人感情色彩。

宝宝午睡时，我拔掉电话线。或者，即便接电话，我也压低声音。那些给我打电话的人颇有微词。

电话那一头，是宝宝的父亲：我让他同儿子说话，儿子听着，一边困惑，一边说着“呃呃呃呃”。

但愿嗓音与身体连通着或者不连通，好比里面有好几栋房子，好几个国家，好比世界从火车的窗外不停地向前，或者静止在一间屋子里，好比逝去的亲人出现在屏幕上，好比树是绿的，天是蓝的，橘子是橙色的，世界上这么多信息，对宝宝来说是一致的，但他自我建构，凭着这些外部刺激。

“恶魔”“圣战”“十字军东征”“善与恶”，如果宝宝问我上帝是否存在，我会回答他，我情愿上帝不存在。

我开始告诉家人，我正写一本新书，第一次以生命作为视角：一本关于“宝宝”的书。“它会怎么结尾？”询问，刺激，我幽灵中的一位常客。我一边勉强笑笑，一边暗中摸了摸我的木头椅子。

至少三个星期了，孩子的父亲发现，宝宝的睾丸肿大。

我呢，没看出问题。但我啥也不懂。

“我儿子睾丸太大了”，面对约见的医生，这句话难以启齿。

我赶紧做好准备。

今天早晨，不到七点，宝宝喊了。他的父亲在旅行。我冷得牙关发抖，喉咙也痛。房间在旋转。冰箱里没有备好的奶瓶了。宝宝尖叫。我开始一场混战。用一只手，我调制奶粉，我摇匀，我把它加热。但最后一刻，我还是打翻了牛奶。

我敲开客厅的门。我爸爸在这里度周末，睡沙发上。我把哭得满嘴白沫的宝宝塞到他腿上，然后重新操作。210 毫升水，7 量勺奶粉。一种二阶段婴儿专用的瓶装奶粉，但现在家里没有了。宝宝从昨晚起就没吃东西，饿得快要动手打人了。我爸爸像是宝宝的同声传译：“奶瓶准备好了？”

“女人就是子宫”，女人都生活在子宫里：苏格拉底只把理性留给男人。卢梭认定，投身写作、不照顾孩子的女人是不尽责的。四五位女性聚到一档电台节目，就孩子的欲望问题得出结论：“正是这个高深莫测的秘密，让母亲变成哲学家无法阐释的话题。”

我在厨房里傻笑。

我期待这些研究者给出一个关于“婴儿”的理论，至少一个框架，我没这个能耐。相反，妈妈——声音：这些公共区域，她们每个人都以为熟悉，因为母亲那平凡的个人经验被概括得这么好，这么贫乏。“妈妈”这个读音建立在神秘之上，女性的音域和声线，以及喉部的颤音，是神圣不可侵犯的：这个秘密让人无从想象女人是男人身体里的一根肋骨，也把哲学变成了闲谈。

婴儿把女性变愚蠢了。

那个儿科医生，我们犹豫着，把宝宝的睾丸给他看，他让我们到医院急诊。

我真是个糟糕透顶的母亲。我开玩笑，想尽量轻松，我儿子得了睾丸癌。人们得把它割掉。萨拉西娜，阿贝拉尔：活生生被阉割，我们还能活得幸福吗？

问题不算严重。外科医生用一种赛璐玢麻醉剂包住需要手术的区域，这期间一位护士为宝宝唱着儿歌；喷一点笑气，几分钟，被水充胀的阴囊完成了穿刺。

释然让我歇斯底里。我称赞，我感谢，我大声赞美止痛处方。

如果复发，必须手术。使用常规麻醉这念头让我焦虑。

当然，硬膜外麻醉，这也是可能的，外科医生跟我们解释。

“那样他会半身不遂，”我对孩子的父亲说：“但总比死掉好吧。”他凶狠地瞪着我，然后一阵疯笑。我可能是最糟糕的母亲，但孩子的父亲爱我。

又一次坐火车，宝宝像个小大人，嵌在靠窗的椅子里，直直地攥着长颈鹿。看着风景掠过去，他眉头微皱，专注，惊异，严肃。

结束五小时的旅程，他用笑声迎接我母亲。这个聪慧的小脑袋，记得爱他的那些人；他能区分那些因为职业对他友善的人（幼儿园护士、保姆），与那些虽然有些笨拙却用爱来待他的人。

对陌生人，他眨眼睛，偶尔也微笑："我是个乖宝宝。"谨慎，投机，小家伙好奇地观察自己的空间。我不知道他的微笑背后藏着什么。就在我被他的一脸天真迷惑时，他把我的手掐得生疼。

我们买了一台摄像机。宝宝在屏幕上显得更真实，更清晰，也更确定，而在我的怀里，这个婴儿，这团星云，这个神的创造物，我必须吃掉或者强暴他，才能让我重新显现。

今天的小窍门：厌倦了总是用匙子喂他，这样太慢；我为宝宝发明了一道奶昔，用混合果泥和牛奶配制，他吸着吃，不用烦我。不管怎么说，到十八岁，他总该学会用餐具吃饭。

我给他录像时，他停住笑，反正不那么可爱：他直盯着机器，发愣。所有的图像，同一个表情：他寻思妈妈在干什么。

星期天上午，十一点钟，我们缓慢地醒来：他怎么会找到我们床上？是他规定了我们，让我们梦游似的奔向他的召唤？

我们睡到中午才醒，他静静地等，没有嚷嚷要他的奶瓶，为了这种同我们一起待在床上的“半合法”的乐趣。

一个男人和一个女人，挤在一张小床上，三个孩子睡一张双人大床：宝宝出生前，我不喜欢这个家具广告。

“预备一张大床”，朋友们事先提醒过我们。

乔纳森·科安为一本杂志写专栏，讲他作为父亲的家庭生活:“一旦夜色降临，神秘接踵而至，在我们的公寓里。我们四个，踩着随意的舞谱，梦游着，从一张床飘向另一张床。”

“你肯定不想让他睡在摇篮里！”一位女友，三个孩子的母亲，惊呼，“这没好处，你会很累，还没法脱身。”

我看一个节目，一群年轻女性正经受考试，她们想成为歌星。“为了让我的儿子为我感到骄傲。”这是她们中许多人的动机（从来不是“为了我的女儿”）。

这句话不会出现在我身上。这无疑是一个特权：我无须让下一代来证明什么，尤其我的生活和工作。

“咯咯”：法语里没有词来形容孩子的笑，喉咙深处像有一个铃铛，嘴巴发出一个长长的“咿”。单独同宝宝在车上时，我偶尔念叨一长串词语，用英语或西班牙语，为了试着听我的语言，作为比较，也试着听他能学会什么。

一个巴斯克的电视节目组采访我，他们用我童年时的家乡话，同宝宝说了些充满爱意的句子，我母亲也对我说过，这些句子是她同我姥姥分享的秘密：我已经忘记巴斯克语了。

我母亲同宝宝讲方言的时候，我当记忆来接受，我留给他俩这种默契。但他们是陌生人，我就感觉他们要把宝宝从我这里抢走。宝宝高兴，牙牙学语，被另一个世界粘住，它曾经是我的世界，如今不再是了。我感到危险，好像宝宝要走向另一边，要背叛我，同我不知道的敌人们一起，同我自己的童年一起。

只同宝宝讲一种语言是贫乏的，他本来可以讲所有的语言。当我讲英语时，他听出不自然了吗？他不满。

在车上，他不耐烦。想了想，我递给他一点牛奶。他以为吃饭时间到了：事情变得更糟。他不相信，感觉不爽，我只好又侧过身，告诉他实情：我给他的牛奶没掌握好分寸，过会儿把余下部分都给他。他立马安静下来，甚至冲我笑了笑。

唯一不能同他开玩笑的，是他吃的东西。“同他妈妈一样，”孩子的爸爸说。

出于好奇和探究欲，我想多摆弄一下宝宝的阴茎，观察它的反应。其实我不需要任何真实的素材，来写这本主题清晰的书，一段母子间的乱伦。只需要想象，任其沿思维的斜坡顺势而下，只需要虚构。我揭开尿布，有时他的生殖器几乎不存在，螺旋状倚在阴囊上：一小块皱皮，有时它又伸长，绷紧，既吓人，又可爱，一个两厘米长的小鸡鸡。如果写作冒犯了母爱，那就在世界的这个角落，在我儿子的小鸡鸡上，再没有其他地方。能否从写作的神圣角度来想一个句子，我从词语的快乐出发写下：我儿子的小鸡鸡，我儿子的小鸡鸡。

假设一个问题（尽管我不这么认为），他会原谅这本书吗？他的弟弟或者妹妹（无疑说了很多），由于没能激发妈妈这么多的亲昵情感，他们会怎么说呢？

这本乱伦之书，节奏欢快，欣悦于亲吻、抚摸和夸张的手势，情感流露得有点过，还有过多的孤独和抛弃，在一对仍然不失恩爱的夫妻中，当然还有其他孩子，妹妹的出现扰乱了局面，有很多阳光，一个花园；也有自己在母亲生命中的缺失，用第一人称建构故事。

没有什么议论真正与自身有关：一本书在实际的写作和明确的目标中才能赢得必要性，它得有认知世界的能力。有些书幽灵，只诞生于句子的背面，只为了炫耀文字。

计划：

一部关于南极洲的小说《白》，由两个不同部分组成。

一本三部曲《地理学》。

《克莱芙王妃》，以碎片手法写作，像一部考尔德牌移动电话。

一部《玛丽·斯图尔特》

一个剧本，写凶宅。

给我的朋友格伦写一个电影脚本。

两本儿童读物，有关“做爱”和“上帝以雪兔的形象出现在他眼前”。

还有：

同宝宝的父亲再生一个孩子；

领养孩子。

去澳大利亚、巴斯克、阿留申群岛生活。

漫长的周日，在家乡。南风逼近山峦，把海吹得更蓝，把树吹得更绿，一蓝，一绿，最基本，童年色。炎夏，沙沙响，噼里啪啦，像炉膛的气流。温度是三十度。整个大海都属于我们。

我们想象着，等他长大些，他拿着水桶和铁锹，或者在海洋博物馆的海豹雕像前，或者穿着黄筒靴站在海虾水洼里。我们俯身看手推车里的宝宝，相比之下，他更真实了：是他，不是别人，此时，此地。

我们对他的想象越来越少，他的存在越来越清晰。

跟母亲说："我一夜没睡好。"她说："小可怜！"

在月台上话别："他热了？你没把奶瓶忘了吧？你在火车上给他换尿布？别这样摇他，我都害怕你。"又一年过去了，她依旧担心我的黑眼圈，我的生活，我是否带了三明治，我到达时有没有东西吃。母爱超越了站台的槽口。

父爱也一样：我父亲经常夸口说，他关得住我眼泪的大门。宝宝诞生时，他是第一个欢呼雀跃的人。

我母亲装出坚强的样子，微笑着和我们讲，说她自己的母亲从来都只想着我们，在临终的床上，她还把三个不值钱的东西分给孩子们。

我还是婴儿时，六个月大，人类登上了月球。我的父母半夜把我弄醒，把我放到电视机前。我喜欢他们当时有这种想法，我喜欢年轻人有年轻人的样子。

我还是婴儿时，我的脑袋遭受过两次撞击：

一次，从我母亲的肩膀滑了下来，当时她提着买好的东西，抱着我，上停车场的楼梯；

还有一次，我父亲把我举起，往上抛，离天花板太近，他失手把我抛了出去。

我喜欢这些对称的叙事：滑落和抛射，地板和天花板，母亲和父亲，杂役和游戏。

我还是婴儿时，“我什么都不开口讲”。

“你十个月时会说话，十八个月时会走路。”

我得过一次臀部皮疹。他们开始给我换无菌尿布。那时没有一次性尿布。

我那时不会穿鞋。

我把山羊屎当小糖果吃了。

我的第一个保姆得了震颤性谵妄，但我父母很晚才知道。

我贪吃，把橡皮奶嘴都咬破了。

我有好多带花边的海绵围兜，母亲给我绣的。

我的名字绣在上面。

我拿在手上，翻来翻去玩。

幻觉，仿佛母亲就在身边。

今天，卢森堡公园，在一片变幻很快的天空下，在蔚为壮观的光芒中，我明白了我为什么爱巴黎。

我焦急，快乐，但被婴儿手推车套住，这对我是一种羞辱。步子缩短，得会操控，放慢脚步，在电梯口等。一半男人（那些年轻人和老年人）对我视若不见：林荫道下坐成一圈的中学生低声抱怨，手推车打扰了他们——他们得受到尊重。那些老年人，更是麻烦多，总有撞到他们腿的风险。

其他人会停下来，帮我一把，同我聊会儿天，他们大多生养过孩子，眼睛里闪烁着对母亲的关心。跟那些四十出头、穿着笔挺、系着领带的男人，从来没话可讲，他们在两个约会之间，大步流星，穿过公园。

我比以前睡得少了。眉毛间，鼻翼下，皱纹显出来。昨天，孩子的父亲围着我，跳阿帕奇圆舞：他发现了我的第一根白发。

托儿所，也是个丛林。十二个婴儿，在积木和毛绒玩具熊的灾难中撞来撞去。最大的，八个月光景，用一种焦虑的神情雄踞，一边吸着他的奶油泡芙。另一个小的，俯卧着，大声哭闹；还有一个，就这么瞧着，想了想，然后用玩具拨浪鼓拍下去。保育员介入：挨打的，抱入怀中，胜利了；打人的，恼恨地尖叫。还有一个，脑袋卡在坐垫下面，五分钟了。他蹬着双腿。再一个，沉浸在失望中，谁也不知道为什么。他旁边那个，笑吐了。

宝宝躺在我怀里（这是“适应周”），轻松地观看，不时用眼神询问我，为了证实我们可是说好的。

这些小可怜，宝宝想。他们没有妈妈。

外面的世界，托儿所，其他小孩：隐喻吧，宝宝想。

第二天，我们重返托儿所，宝宝用不安的目光看着我：这次是真的了？

大颗大颗的泪，从他脸颊滚落，他恳求我。我是个魔鬼。

幸好，明天，是他父亲送他。

面对小同伴，他愣住了。他不对他们微笑：他研究他们。第一天，他打翻一堆积木，摇了摇几个不倒翁，拨弄几下柱廊玩具，又返回：跟其他孩子一样。我们像傻瓜一样，只知道把长颈鹿递给他，不知道还有这么多其他玩具。我们只能坐一边，张大嘴看着。三天后，他像长大了三周。晚上我见到他，我已经想把他带回来，减轻它，放慢它；我宽慰自己，溺爱他是应该的。

他比我适应得好。

我马上可以写别的东西了。

但我有自己的规则：人们叫"产后回归"，我相信这说法。我现在明白“出色女性”这种表达：的确，孩子从我身上娩出，他来到世上，一页翻过去了，一年已经流逝……轮回了一圈，车轮再出发……温柔而亲昵的共鸣，有些褪色，在公共场所与母爱之间。

宝宝在托儿所。我不想工作，借口要给录像备份，整个上午都跟儿子的照片泡在一起。

我被迫买了一种乳霜，说是能把宝宝的臀部变成粉红色。育儿法的经典产品，我发觉，闻起来鱼腥味很重。“鳕鱼肝油”，配方上这么写。一个孩子在勺子上做鬼脸，还画着一只圣诞节的橘子，几匹马，一只铁环……关于鳕鱼肝油，有几个从祖辈听来的故事，也有自己小时候用过的集体记忆。这种滋补品虽然过时（我不知道），但在我家有用它的传统。

那些“湿巾”，浸过洗涤剂，紧急时可以擦拭宝宝，它们也有一股浓重的气味，一种粉状的酸酸的香味。打开一包，浴室就被那股气味浸满。逐渐，我觉得必须把它换掉。有一天，我新打开一包，后退了一步，惊呆了：闻着像大粪。

一个朋友告诉我，以前奶瓶是一种木制的长圆锥形容器，人们用细的那一端给孩子喂奶，也有用配备一个企口榫舌的平底大口杯，让奶流进婴儿的嘴里。细菌沉积在奶瓶的沟槽里：我们用凝乳杀了宝宝。橡胶奶嘴这种简单东西，原本只是用来套塌鼻子的人。

一对朋友夫妇，同我们讲一个婴儿的死，原因很简单，婴儿的床靠在窗边，他想要去拉窗帘，父母发现他吊死在卷缆饰上。

相似的灾难，让人坠入发疯，不由得相信现实充满敌意：死亡的存在，像一个隐匿的实体，随时准备把人罚入地狱。

我们的公寓变得丑陋：这是一个陷阱，一个布满铁钎的墓穴，一个布满活结、藏着蝰蛇的窠。我们是罪犯，我们弄坏了摇篮的把手，我们没看出，这东西实质上蕴含杀机。

我的神经元，像白细胞消灭细菌一样，同这些故事搏斗着。

因为这些故事，我们一直不敢雇小保姆。所有父母都知道这个传闻：一对夫妇在摇篮里发现一只用作晚餐的鸡，宝宝？宝宝呢？宝宝在烤箱里烤着。

客观的危险：电源插座，摇晃的重物，碎裂后极为锋利的物品，可能被吞咽的小东西，有毒化学品，热源。慢慢地，长大些，他开始爬行，我们打量这个公寓，不是用死亡那迷幻的眼睛，而是我们那发现者的目光：一个游戏平台，看上去有 70 厘米高。

托儿所的保育员向我们要一台一次性照相机，来记录宝宝的笑。“只有他值得我们这样做，要那样为他做”。

（后来我发现，托儿所的每个宝宝都有一台照相机）

我给他做蔬菜泥，用新鲜的胡萝卜和小土豆，削净皮，刮成丝，尝味道：唔，美味。他信任地张开嘴，他饿了；然后盯着我，好像我要害他。两道橘黄色鼻涕流到他嘴边。他脸上流露出一种深深的厌恶，但他没有敌意：好吧，是我弄错了，这种东西没法吃。但我坚持。他把嘴尽量张大，喉咙发出怪声，把吃进去的那一点也给吐了出来。无疑，这团麻烦的蔬菜泥，他的身体一秒钟也不愿多留它。

在托儿所，放眼找他，我看见一个宝宝像他。但穿得不一样，我早上注意到衣服上的条纹，而他是蓝色。我在他面前过了几次，我的儿子，却没认出他。“他在这儿！”保育员笑着招呼。他弄脏了衣服，保育员帮着换了。我认出睡衣先于他，儿子。

圆脑袋，圆肚子，圆眼睛，前额宽，圆鼻子，圆嘴巴。在托儿所，有正方形、三角形、椭圆形的宝宝，有菱形的宝宝和梨子形的宝宝，我儿子是圆球形的宝宝——我客观地看他，在给这张脸命名之前，在我们亲昵的小精灵来到我目光里跳舞之前，他模糊了我的视线，从我的软帽下打开了另一些眼睛。

我们掷给生命的是一种命运：他已会说话，走路，端正地坐好，但一道符咒把他装进一个又小又丑的信封。

我知道成年人抱紧一个血肉之躯的感觉；我遭遇到了，我会让他从那里出来：但我记不住他的脸，我的舌尖上有他的名字。

宝宝身上的反差，一边是他对我们的重要意义，一边是他胖乎乎的柔软脸蛋；一边是他在家庭中扮演的重要角色，一边是他温厚细小的外表。这种反差产生一种紧张，一种亲密的错觉：我们细心呵护他，却又拿他来找乐。嘉年华上，我们叫他“先生”，他是一个小国家的大使，尽管没有实权，但对我们有着极其重要的地位。

我读到，“9·11”事件中一个敢死队员留下一封苛刻的遗嘱，除了其他狂热的极端仇恨：不许任何孕妇参加他的葬礼。不能有孕妇！死亡万岁。

从托儿所回来：推着婴儿车，用四十五分钟穿过巴黎：卢森堡公园，皇家码头花园，然后是十三区的林荫大道，沥青路上，那些栗子树扑满灰尘；或者，如果下雨，乘21路公交车，上车有问题，无视禁止携带童车，司机不满，有人抱怨，车厢闷热，冒出水汽；在楼下，买面包棍儿，腾出手，取邮件；车轮挤近只剩不到一厘米的电梯，到手提包的底部摸钥匙；终于同宝宝一起倒在床上。我们安静地躺在被窝上，呼吸挨着呼吸，体温对着体温。仰躺着，他挥腿，抓住床单一角，放进嘴里嚼……然后，他的动作平息下来，波浪从他身上退去，潮汐落下，他在岸边搁浅。他脖子上的小肉窝，是甜美的杏仁果酱小蛋糕。我还剩一点意识，闭上眼睛，躺平身体……白天的小片段，不同的地点，维莱特公园池塘岸边涨起的浪头，入口处记录行人数的机器：我沿着玉米地，爬上斜坡，校车发动了，轮子画着黑线，穿过水流，发出低沉的声音……三张小脸在后面，鼻孔在雾气里勾勒出轮廓……

钥匙开锁的声音，电弧点亮的光线，在父亲和儿子之间：时间与空间的关系稳定下来，他们的身体和我的身体划定了界限，我醒了，我们在一起。

现在，我认得出新生儿：脸部轮廓还不清晰，但不像婴儿那样胖到没有线条；鼻子，眼睛，嘴巴，挤在脸中央，握着拳头：需要用一点“笑气”，让他们笑出美丽的喜悦。这些没长开的小人不会开玩笑，但他们会长大。

宝宝化身为管子：上面，一半被堵住，咳嗽，发出嗡嗡音；下面，通过排泄，清空自己，拉出的绿色粒状物，有一股石油味儿。

他得了毛细支气管炎。

体疗医师把拇指压在宝宝喉咙上，整只手覆盖住颅骨，像是要把宝宝碾碎，他将四根手指浸入宝宝的喉咙，为了从穴窝里取出蛋白状黏液。

这些蛋白状黏液，好像来自四面八方，黏住了主气管的通道，看起来像头部动脉，青筋暴出：在体疗医师用手按压之下，宝宝大声叫嚷着，吐出了病菌。

再不来这鬼地方了（我们也不来）。第一个手势，按宝宝的肚子，他还在笑，然后他就慌了。我们，就像现代的父母们，安慰宝宝：“这位先生不会弄疼你的，他在给你治病。”我很想哭。这位“先生”是个比我们还年轻的小伙子，这是他周日的第三十八个急症，毛细支气管炎这个传染病已搞得他筋疲力尽，他在这里可不是为了心慈手软。我相信，他更愿意我们闭上嘴，什么都不说。

这是脏的：我们擦洗。这里堵了：我们清理。这是呼吸运动疗法针对毛细支气管炎的唯一治疗手段：刚才是脏的，现在干净了。我们立马看到了效果：宝宝感觉好多了。

他在我们的怀里睡着了，彻底被打垮，呼吸顺畅。

每天治疗一次，十五天。

一些词从我们的词汇表冲出来，“排挤”这个词与叹息相伴：宝宝有很强的传染性，不能去托儿所。

我的书房，简单地隔开，我们很快会搬家，它也是宝宝的房间，堆满杂志、打印机、老式传真机、玩具、信件……

我找一本书，碰掉了一节电池：他醒了。蓝眼珠突然睁大，满脸惊恐：他呼吸尖利，表达着恐惧。

我自问，他为何有这种反应：他无法独自逃离一种危险。婴儿是世界上只具备一种警报声（当然很有力）的生物，为了自我保护。拉响警报，等待救援，就像用脚来奔跑，用墨汁来阻挡视线，或者用幼爪来自我保护。

但是，如果是小狗，或者幼狮，正凶狠地扑倒猎物，恼怒地撕咬它，如果那时我们拖走猎物——它会咬我们吗？它会惊异地看着我们，温柔，好奇，善良的野人。

我最要好的闺蜜的女儿，发出小海狮般的叫声。宝宝，他从喉咙底部吐出颤音，小松鸡一般。这么多声音，只属于他们，他们不借用，也不交易，与以后要用的语言相反。

“只有大象才这么叫。”我朋友这么解释她女儿的叫声。这些小孩子是动物的好学生。

六个月来，在我的笔记本上，在我的手势动作上，我用护身符和魅力来武装宝宝，但它们反过来伤害我（永远别去碰护身符）。

躺在救护车上，巴黎在头顶上方，树梢掠过，高处石板清晰，蓝丝带天空，嵌在马路过道上——我想着宝宝，当嘎嘟当嘎嘟，被双篷四轮童车接走。

吗啡的母性、病态的灼热：被它带走吧。不再需要什么。

护士们很忙，扯着嗓子，大声讲话。她们焦急，暴虐，或者温柔。她们斥责我，给我清洗，把被子塞好。她们埋怨着，催我吃饭，按灭灯，让我睡觉。我平躺着，觉得有趣，我也当了一回婴儿。

外星人乘闪电造访我：一个成年外星人的苦难，是由孩子们来承担的。

我也明白，宝宝们从中娩出的白色螺旋星云，就是成年人跌入其中的黑色螺旋星云：+1、-1，形而上的乒乓，计算机的劈劈啪啪，留在一个紧张而空荡的办公室里。

一切都清晰，和谐。

一天，在两扇门之间，宝宝被带到我面前。我的动作受到拘束，由于失望和怀疑，他哭了：我不能抚摸他，拥抱他，带他走。关系悬置，我们被隔开。我们的对话只存在于亲密之中，习惯之中，我们的歌也传不出去。大厅的冷风，在华美而冰冷的灯光下，圣母院的高塔。我哭了。他看到过有人哭吗？他转过身去，冲着他父亲。然后，他认出了我。短短一分钟，他又哭又笑。教会医院残败的一切，围绕并祝福我们这个神圣的家庭。世间所有疾苦，破碎的家庭，癌症，动乱，围着宝宝，奏响在圣母院的管风琴声中。

但是，一开始就这样。从他出生起就这样：这被包围的透明无菌罩，这疯狂的虚弱；仿佛透明无菌罩受着更强烈的血管神经的支配，孤独得更真实，而我孤零零的，死亡在别处。

回来的路上，宝宝哭了，看着我的抽噎和衰老。他不是一个被事物的灰暗激怒的宝宝，他是一个对现实倍感失望的孩子：我是他的母亲，却可能没待在他身边。他像尤利西斯一样航行，看到：离别和旅行，在那段行程中，可能感到惊讶，但加入到岛民的生活中，吃饭，睡觉，继续前进。像尤利西斯，他也渴望返乡：看到以前的国度，这让他震撼，让他意识到远离和欠缺；河岸像闸门一样合拢，现在他持掀起了一场风波。

托儿所院长告诫过我们：孩子哭，做妈妈的不要迫不及待就去抱他。他知道妈妈不在那里，因为你又回来了。

孤儿寻求避难，也许就在悖论的过程中，在奶瓶的流动中，在午睡时，在别人的亲吻中……在一种缺失中，躲入墙角，谁也不会来确认……什么时候是个头呢？

八天不见他：没什么，又很多。我任这幕悲剧发展。我不想他。我离开了他，他抽象，遥远：他不在我的身体里。在两扇门之间，重新见到他，这才让我撕裂。我低声哼了几句歌，用惯常的老调。但我找不准音。我跟他讲的一切都是错的，都是宝宝：我听见自己，看到自己要做什么。我穿着过大的衣服，我承担一个角色：妈妈。这一幕让我疲惫。我清晰地意识到，我们分开了。

这是一种互相的、脆弱的爱，就像这些日本喷泉，每一个容器都连通着，这边落下一滴水，那边翻转一个杯子……他没有对我笑？我保持距离。我寻找我的姿势？他没找到他的姿势。我们流逝，孤独。两天里，当他从午睡中醒来，看到我，他神经有点紧张，郁郁寡欢，有报复情绪。我甚至没做好一半准备。我在沉默中张开双臂，我害怕粗暴的拒绝。天赋，我再也没有了。我爱他是有条件的？我爱他，假如他能回报我？

喂食，换尿布，给他洗澡：艰巨的任务。去托儿所的路途：跨越大海。我不在的那段时间里，孩子的父亲依靠他的父母帮忙。现在，轮到我的父母了。公寓里交织着浓浓的亲情。我看到花边在我们的身上交织，相互缠绕，通过宝宝的身体从我妈妈的臂弯掷到床上。多年前，父母说过我们不再需要他们了，瞧他们又在了，是血脉的召唤。和睦相处，没有怨恨，不用偿还，我在被窝里学巴斯克语：Ikasten ari naiz.[①]

① 巴斯克语：我学习。

体检报告上，我读到：监护状态。

心理投射，目光落在“女小说家”这个词上，她们的不幸生活。雨果、左拉，还有居伊·德卡尔，都这么认为。

“如果你想再生孩子，就必须静养。”睡觉，打盹，午休：送宝宝的邮递员会再来敲门？

坐起来了（尽管需要扶一下），他的双手解放出来：南方猿人花数百万年进化成尼安德特人，宝宝花六个月就完成了。宝宝知道用指尖抓东西：宝宝的腕是放松的。他还不会在指令下松开拳头，但已经会像猴子那样用一只脚去捡东西。

宝宝探寻我们的目光，微笑着，然后喊“呷—咦！”成功啦！

洗澡时，他摊开双手，拍水。水花为他做出一个像恺撒的发型，头发皇冠一般，辉煌。

远离我的视线，他变了，他长大了，宝宝。

刚治好，他的毛细支气管炎又复发了。

我恨微生物。

孩子的父亲提醒我：“毛细支气管炎是一种病毒。”

鸡，牛，蜜蜂，自行车：图片书上，全是他还不认得的东西。我们把他的奶瓶、长颈鹿、婴儿车、爷爷奶奶、外公外婆，还有我们自己，拍下来做成一个软软的塑料相册，递给他咬着玩。

我取消了几个讲座，关于“可怜的小富家女”，一次非洲之旅。我想在卢浮宫研究耶稣和小天使，看看艺术家怎么画婴儿。这个周末，我没能陪他去公园。

他在公园里遇见一群小鸭子。又哭又笑，手舞足蹈，他的父亲告诉我：这是他第一次感觉到人类之外的其他生命。他的反应非常敏感。我想把这个瞬间送给非洲和卢浮宫。

偶然还是必然？“把长颈鹿给我。”他照着做了。“告诉我花在哪里？”他的手指压在图片上。“看爸爸。”他转过头。我们低估了宝宝。他第一次用手指把奶瓶旋紧后，我们就相信，这是令人喜悦的必然。

当他说“妈”“爸”，当他把这些音节叠加起来使用的时候，难道我们还认为这是偶然？

他抓起遥控器，用食指按下按钮。我们欣喜若狂。作为奖励，我们决定让他饱餐一顿。

给他读故事听时，他知道我们在做什么：一页一页地翻开书，一个字一个字地读给他听，一幅图一幅图地指给他看，一场只为他一个人而做的演讲，同样的，反复讲，它就在书里，但是进不去。他看看我们，又去看书，异常专注：这个乖宝宝。

很快他就会听到兔子的故事，还有奶牛的，大象的，他很快就会学着我们说这些故事。他还没有发现躲在面具后面的我们，但我们假装要吃他手指的时候，他笑了。

我不在的那段时间，宝宝依赖上了橡皮奶嘴。

或者是因为，他已能自己找到奶嘴，放进嘴里，再取出来。他的手指能准确地握住橡皮奶嘴，并对准嘴巴，他自立了。

有时，他固执地想一口把奶嘴背面吞进嘴里。脸都皱紧了。我们帮他。橡皮奶嘴一碰到嘴唇，他的脸就放松了，他的目光空茫：一个瘾君子被躁狂平息下来。

我跟他开个玩笑，把奶嘴放进我嘴里。他厌恶地瞧着我：我这个动作是可恶的，让他对他知道的东西产生怀疑。

看到宝宝嘴里含着橡皮奶嘴，体疗医生非常气愤：颌骨、上腭、牙齿，都会因此变形，还会导致头骨、耳咽管、泪管、失眠、胃绕道、涎腺病、神经障碍、梦游、压力等多种疾病！得知托儿所里每个孩子都含奶嘴，他忧虑不安。一个观念上被轻视的裂口，就从这个地方穿越世界。

几家生产厂商确实思考过：生产一种荧光奶嘴，好让婴儿夜里单靠自己就能找到，不用烦扰任何人。

我钟爱早晨：面包和咖啡的香味，空气提神，思路清晰；马上就能进入写作状态；声音从收音机传来，鸟儿在白杨树上，窗口流淌着时光。

现在，还要加上对碎饼干巧克力的奶瓶的触觉。“家，甜蜜的家”的压轴戏。

性忠诚不是我生存的一个目标。

尽管如此，有那么几个月，我们是抱着要怀一个孩子的想法来做爱的。

这种爱很沉重，既是造物主的，又得计算好。

因为担心无法确定“生父是谁”，我选择了性忠诚。

我在摇篮之上遇见的最可怕的那个幽灵。

一天夜里，在产科病房，我下去看宝宝，我算了一下，他差不多有六十个小时那么大了；太阳升起来时，他就活过三天了。

作为预防，守夜的保育员让宝宝仰躺着：小屁股露在外面。不过，对早产两个月只有三天大的宝宝来说，他不能养成这样的坏习惯。

他，一只被翻转身子的乌龟，在空中拍打着四爪，寻找失去的子宫内壁；他精疲力竭，有机玻璃后面传来哀婉的小铃铛。

我去找他，正是休息间隙，我进入新妈妈这个忧心忡忡、令人厌恶的角色中：氧气量，有没有降低？心脏监测器，有没有发出警报？

我知道他必须在育儿箱里长力气。我知道他必须仰着睡觉，蜷成一团，图个放心。作为保育员，她知道孩子这样睡会变成一只跛脚青蛙，她知道再过几个星期，孩子会回到家，他就会趴着睡了，否则，唉！会突然窒息而死。

我回到育儿箱前。我打开门，潮热的气体上升到我的袖子。我的手滑到他的背上，只一个动作，不用担心电线、管道、电极，就把他翻过来了，像翻煎饼一样。这一秒，他醒了。机器也停了。那一夜我懂了：他的母亲，是我。

母亲：幼稚化取向，有犯罪感，阉割。无关紧要、有气无力、懒洋洋的。皱褶。神经官能症。自闭症。肚脐。

圣女玛利亚和圣母玛利亚。珍妮特斯克的维纳斯。

妈妈 = 死亡：这是对拉丁文《圣经》的反作用，是无聊的老生常谈，另一种感伤主义。

“母亲”和“占有欲”，“家庭”和“陈旧”。

获得自由，发现，词语，爱，奇迹，生命的章程，渴望：成为一个母亲。

此刻，我感到对自己父母的热爱。

肚子贴在地板上，一块积木从他手中滑落。他知道他可以在空间移动，但还不知道该怎么做。他靠双手，往前爬行，反方向，绑在他腹部的龙骨，逐渐支撑不住。

喜悦地找到艾尔维·吉贝尔刚出版的《情人们的坟墓》，这部日记里有这些句子：

“那一刻，最美好，最难忘，我们彼此挨近，肩并肩，侧头对望，四目相接，脸庞贴得这么近，笑容满面，无边无际，接着是第一个吻，触到他的双唇，他的嘴……”

从托儿所回来的路上，我突然想起宝宝；我觉得我不再爱当作家了，这角色让我迷失方向，搞得我心神不宁，如同酷刑。

我最要好的闺蜜陷入极大的痛苦：保姆辞职了。
上帝保佑托儿所。

琐事：他从沙发跌到地上。他数着时间，一秒，两秒，然后才哭出来：像特克斯·艾弗里电影里的角色那样，他宁可用双腿在虚空中消磨时间，这时间是情况提供给他们的。

空间，他玩耍的安宁平面突然塌陷：肾上腺素的这个打击，对他简直是背叛。我们亲吻他，我们仔细观察，抚摸他摔红的前额；我们夸大（我们那么想）他的痛苦，我们夸张地安慰他：恐惧和安慰的一幕，为了让他找到安全感，世界不是一个陷阱。

他不断探索世界；吃东西时，他感受汤匙的硬度和食物的浓淡，他摇晃奶瓶，试图抓住它，自从成功一次后，他就认为，让他自己来，他会更愉快。

探索南极或海底，踏足亚马孙或火星，无疑都是对儿时垫子上游戏的怀恋。一大块彩色方毯，风拂起的棉布百叶窗，泡沫圆顶发出呃呃呃的声音，摇晃的装满种子的小香袋，各式各样的模型，天花板上的一面镜子，一只逃走的小熊。

艰难的爬行实在累人，宝宝靠打滚来移动；很快从木地板上的毯子滚出，不用担心他转弯时脑袋会撞疼。我们用软布包好家具的尖角，扔掉茶几，铺上地毯：宝宝喜欢搞破坏，好像要在我们的资产阶级生活中撒上一把无政府主义酵母。污渍，水迹，杂乱，裂口，各种沙泥：我们欢迎家里这么一个破坏分子，他的存在给我们带来幸福。

他最开心的事情，就是我们把他举直站起来。他像是从露出大腿、膝盖、小腿、脚踝的两条小腿上长出来。他神采奕奕，像胜利者。所有的机会对他都是好的：沮丧、暴躁、发怒，他就这样测试自己的弯曲度。他的轮廓变了：我看到了一个小男孩，我猜孩子这么想。

放他坐下，他就慢慢倒下去：肚子贴着大腿，鼻子伏着地面，额头埋进脚趾。姿势很怪。洗澡的时候，他抓住澡盆边缘，张开双臂，像船长；他鼓起勇气，伸手去抓塑料小鸭，但香皂同他开了个玩笑。

保持平躺姿势，他知道怎么做。背部肌肉练出来了，他能长时间保持一个我们都没能力完成的姿势，只靠一只手臂，就能轻松拿起玩具，放进嘴里。时不时，他歇一会儿，脸贴着毯子；我必须克制自己，才能压下冲过去抱他一把的冲动。

从托儿所的小伙伴中间回来，他花一整天时间来学习抬高臀部，调动胯骨，以便爬行。

我听说，在爱丽舍[1]，为了庆祝运动员的胜利，人们会吃小孩。

我更愿意相信，这只是故弄玄虚的一顿饭，为了吓唬我；或者连这个都不是：吞吃婴儿，这只是文学手段，制造虚幻场景。

① 希腊神话中，善人死后灵魂聚居之所。

他趴在电视前，眼睛追随屏幕上的颜色和光线：他的着迷，挺让人困惑。图像变换很快，他笑，好像还认不出人类。

录像，他对我们的声音很敏感，也可能是对我们的脸孔；他自己的说话声，反倒让他发愣。

我让他看一起袭击事件的图片，身体破碎，路面上鲜血淋淋。我给自己做这个手势：他的淡漠没法让我高兴。

很小时，他闭着眼睛吃奶，吮吸变得有点颤抖，我知道他睡着了，一个非常小的抽搐，一个梦遗落在他的嘴角。

我们禁止他做某些事情：碰烫手的水杯，随意敲打电脑。我们指给他，世上还有其他更好玩的东西。但他蔑视我们给他的积木和玩具熊，他只对自己觊觎的事物感兴趣。我们越是藏起不想让他接触的东西，他就越想得到：无疑，对他来说，世界的秘密，就是这一系列迷宫的钥匙。

宝宝的父亲因为工作要离开几周。他想给宝宝录一段视频:“晚安”和“我想你”，还有玩具熊和尼古拉。我们的举动让自己感动，我们真可怜。一场短暂分别，这就是父爱和母爱。

戴着相同的白色无边软帽（橡皮膏封起来的无菌棉花大礼帽），蛋白质地，脸色红润，神色疲惫，坐在婴儿一般大的手掌上，小脑袋，肿脸蛋，凹眼睛，藕一样的手臂；哀怨，让人快乐；黏糊糊，令人惊叹，美得如同显现：这就是南·高丁镜头下的新生儿。

公理和格言：

生不是死的另一面。

生无法预计，也不是惩罚，死也不是结果。

生是一次值得抓住的机会：仅有的机会。

宝宝是不死的，就像他的父亲，就像我。

他开始吃用鱼和肉做成的粥。他的大便有了另一种臭味。

他张开嘴，“啊啊啊”，他吞进勺子，“叭叭叭”，咬碎食物。

他往奶瓶里吹气，像吹小喇叭。

他长出一颗牙齿。

昨天，我喊他的名字，他转过头来。

他开始伸出手臂，递东西。

从第一次到第一次，标志着一个经过，象征着一个开始，还是一个结束？

“必须确保克隆人拥有和人类完全一样的地位。”

明确是必要的，相当于承诺了新麻烦。

宝宝出生九个月后，他的根，对我来说，已然消失。邮递包裹，陨石，克隆细胞，空想落入生活，他由 DNA 聚合而成，在我的直觉中是陌生的。他的另一半基因与他的存在毫无关系。爱情显身的瞬间；大海，激浪，夏末的阳光：底片上的影子，已化为肉身。他让它们留在原地：在我们的记忆中，他出生之前的回忆。

我慢慢明白，我们只能靠不断摸索来抚养他。他由词语、时间、躯体和冲动生成。任何一种程序都不能生成他，任何一种欲望都不足以解释他的存在。

图书在版编目（CIP）数据

宝贝 /（法）达里厄塞克著；树才译．—南京：译林出版社，2015.11

书名原文：Le Bébé

ISBN 978-7-5447-5951-9

Ⅰ．①宝… Ⅱ．①达… ②树… Ⅲ．①随笔－作品集－法国－现代 Ⅳ．①I565.65

中国版本图书馆 CIP 数据核字（2015）第 255347 号

书　　名 宝贝
作　　者 〔法国〕玛丽·达里厄塞克
译　　者 树　才
责任编辑 韩继坤
特约编辑 王秀莉
原文出版 Editions POL，2001
出版发行 凤凰出版传媒股份有限公司
译林出版社
出版社地址 南京市湖南路 1 号 A 楼，邮编：210009
电子信箱 yilin@yilin.com
出版社网址 http://www.yilin.com
印　　刷 北京鑫海达印刷有限公司
开　　本 787×1092 毫米　1/32
印　　张 8.375
字　　数 154 千字
版　　次 2015 年 11 月第 1 版　2015 年 11 月第 1 次印刷
书　　号 978-7-5447-5951-9
定　　价 32.80 元

宝贝
Le Bébé by Marie Darrieussecq

著作权合同登记号 图字：10—2015—470 号